KB114246

덤비지 마!

FUSION FANTASTIC STORY
무람 장편 소설

덤비지 마! 7

무람 장편 소설

초판 1쇄 찍은 날 § 2014년 6월 19일
초판 1쇄 펴낸 날 § 2014년 6월 25일

지은이 § 무람
펴낸이 § 서경석

편집부장 § 권태완
편집 § 박가연 · 박은정 · 정수경 · 이효남

펴낸곳 § 도서출판 청어람
등록번호 § 제387-1999-000006호
등록일자 § 1999. 5. 31
어람번호 § 제1-1867호

주소 § 경기도 부천시 원미구 부일로 483번길 40 서경B/D 3F (우) 420-822
전화 § 032-656-4452 팩스 § 032-656-4453
http://www.chungeoram.com
E-mail § chungeorambook@daum.net

CONTENTS

제1장 한국 정부와의 마찰

상수의 사무실.

상수는 상대의 말에 깜짝 놀랄 수밖에 없었다.

그도 그럴 것이 한국과 러시아는 이미 외교를 하고 있는 수교 국가다.

더구나 한국인도 러시아로 많이 여행을 갈 정도로 지금은 활발하게 교류를 하는 상황이었다.

그렇기 때문에 단순히 마피아와 관계가 있다고 하며 찾아왔다는 말에 의문스럽다는 생각을 하는 것이다.

"그래서요?"

"마피아와 관련이 있으니 국내에 밀반입이 되는 무기들과 귀사가 관련이 있는지 확인 차 오게 되었습니다."

러시아에서 생산된 불법 무기들이 한국에 많이 반입이 되고 있다는 말은 상수도 들었다.

가끔 신문지상에서 떠들어대니 모를 수가 없다.

"무슨……."

하지만 자신을 그런 일과 연관을 시켜 찾아왔다는 것에는 어이가 없었다.

아마도 누군가 이번 공사에 불만을 가지고 정부 쪽 관계자에게 도움을 요청한 것으로 보였다.

"그러면 확인을 해보십시오. 제가 개인적으로 러시아 마피아와 친분이 있는 건 맞습니다. 하지만 그건 개인적인 친분이지 밀수와는 전혀 상관이 없습니다."

"어허, 정 사장님. 우리 서로 아는 사이끼리 그렇게 말씀을 하시면 안 되지요."

남자는 상수가 당당히 조사를 하라는 말을 하자 저자세로 나왔다.

자신이 원하는 방향대로 진행이 되지 않았기에 하는 말이었다.

"서로 아는 사이요? 우리가 언제 본 적이 있었던가요? 제가 그쪽은 오늘 처음 보는데 아는 사이라고 하니 이상하네요?"

상수의 직설적인 질문에 남자는 바로 인상을 쓰게 되었다.

"한국에서 우리 국정원을 무시하고 사업을 할 수 있을 것 같습니까?"

"사업을 하는 것과 국정원이 무슨 관계인데요?"

하지만 상수는 당당했다.

"나는 사업을 하는 것이지 국정원과 관련이 있는 일을 하는 것이 아닙니다. 저에 대한 오해가 있으면 조사를 하시면 되고요. 저는 지금 러시아 정부를 대신해서 외교관의 입장으로 이 나라에 있는 겁니다. 무언가 잘못 알고 오신 것이 아닙니까?"

상수의 말대로 상수는 지금 러시아 정부의 공식적인 대리인의 신분을 가지고 있다.

사업을 하는 것이긴 하지만 공식적으로는 마피아가 아니라 러시아 정부를 등에 업고 공사를 진행하고 있는 것이다. 틀린 말은 아니었다.

국정원 남자는 상수의 그 말에 잠시 당황하는 얼굴이 되었다. 하지만 그는 이내 다시 정색을 하고 말을 하였다.

"당신이 아무리 러시아 정부의 대리인이라고 해도 마피아와 관련이 있기 때문에 조사를 피할 수는 없습니다. 그러니 우리 일에 협조를 해주시기를 바랍니다."

"그러니까, 무슨 조사를 도와달라는 말입니까? 자세한 설명을 해주어야 알 것이 아닙니까? 무조건 협조를 하라고 하면 됩니까? 그게 무슨 일인지를 알아야 협조를 하든지 아니면 거부를 하든지를 할 것 아닙니까?"

상수의 대답에 남자는 답답한 얼굴이 되었다.

이거는 자신이 오면 금방 눈치를 챌 것이라 생각했는데 아주 막힌 인물이라는 생각이 들어서였다.

하지만 상수는 진심으로 하는 말이었다.

상수는 이번 사업을 시작하면서 한국 정부에서 이번 공사 때문에 개입할 것이라는 예상을 하고 있었다.

때문에 그에 대한 준비 역시 철저히 해두었기에 걱정이 없었다.

한국 정부에서 개입할 것을 대비하여 이미 러시아 대사관과 그 일에 대한 이야기를 해둔 상태다.

때문에 그럴 가능성은 적지만 만약 상수가 연행이 되는 일이라도 발생한다면 곧장 러시아 대사관을 통해서 조치가 취해질 것이다.

대사관의 입장에서는 정부의 대리인을 특별한 증거나 사유 없이 연행하는 것이 되니 공식적으로 항의를 하는 게 당연했다.

그리고 그로 인해 한국 정부에서는 상수를 대하는 게 껄끄러워질 수밖에 없는 것이다.

이번에 거대한 규모의 공사를 대리하면서 러시아 정부는 상수에게는 러시아 명예시민권을 부여하였다.

또 임시이기는 하지만 상수는 러시아 정부가 보증하는 외교관이 되어 있었다.

말 그대로 상수는 지금 이중국적을 가지고 있다는 말이었다.

단지 명예시민이기 때문에 한국 정부에서도 그런 일을 가지고 따질 수는 없었지만 말이다.

"국정원이 그렇게 한가한 곳인지 알아? 이거 좋게 이야기를 하려고 하니 말이 통하지 않는군그래."

상수는 상대가 말을 거칠게 하자 바로 인상을 쓰고 말았다.

"당신 국정원 직원이 맞아? 왜 반말이야? 그리고 국정원이 뭐 그렇게 대단한 곳이라고 말을 그따위로 하는 거야?"

상수는 인상을 쓰며 자신도 반말을 하였다.

상수의 그런 반응에 남자는 화를 내기 시작했다.

"그렇게 나오면 재미 없을 텐데그래?"

"재미? 맘대로 해봐. 나는 분명히 당신에게 말을 했어.

나는 러시아 외교관의 신분을 가지고 있다고 말이야. 그런데도 당신이 먼저 나에게 반말을 하였고 증거도 없이 범인처럼 취급을 하였다는 것을 말이야."

상수는 국정원에서 왔다고 하여 이미 대화를 모두 녹음하고 있었다.

자신이 실수를 한 것은 없었기 때문이다.

그리고 지금의 대화 자료는 바로 러시아 대사관으로 보낼 생각이었다.

러시아 정부 차원에서 강력하게 항의를 하라고 말이다.

상수의 태도에 남자는 더 이상 대화를 할 수가 없다고 판단하였는지 인상을 쓰고 있었다.

"두고 보자고. 과연 오늘의 일을 후회하지 않을지 말이야."

남자는 그렇게 말을 하고는 나가 버렸다.

상수는 상대의 신분도 알지 못했지만 알고 싶지도 않았다.

국정원의 인물이라고 했으니 나머지는 대사관에서 알아서 처리를 해줄 것이라고 생각했기 때문이다.

상수는 남자가 나가자 바로 전화를 걸었다.

―여보세요?

"여기 코리아 시티의 정상수라고 합니다. 대사님 좀 부탁합니다."

―아, 잠시만 기다려 주십시오.

대사관의 직원은 상수의 이름을 듣고는 바로 대사와 연결을 해주었다.

―여보세요? 정 사장이 어쩐 일로 전화를 걸었습니까?

"대사님, 오늘 국정원이라는 곳에서 사무실을 다녀갔습니다. 아마도 한국 정부에서 원하는 것이 있는 모양인데 이거 일을 볼 수가 없습니다. 제가 무슨 범죄자도 아닌데 와서는 범인 취급을 하고 있으니 말입니다. 한국 정부의 일은 대사관에서 처리를 해주시기로 하지 않았습니까? 이렇게 하실 생각이시면 본국에 연락을 하겠습니다."

상수가 화를 내는 목소리로 말을 하니 러시아 대사인 바로치코프는 황당하면서도 화가 났다.

상수에게 말을 하지 않았지만 이번 공사 건으로 협조 공문을 한국 정부에 보냈었다. 그런데도 그렇게 일을 처리하였다는 것이 화가 난 것이다.

―정 사장님, 잠시만 기다려 주세요. 제가 어떻게 된 일인지 먼저 확인을 해보겠습니다. 우리는 이미 한국 정부에 공식적으로 공문을 보냈습니다. 그래서 공문이 갔으니 정부에서 개입은 없을 것이라 판단했는데 이렇게 나오는 것을 보니 다른 힘이 개입이 된 것 같습니다. 제가 알아보

고 바로 연락을 드리겠습니다.

러시아 대사가 상수에게 이렇게 공손하게 말을 할 이유
는 없었다.

하지만 상수가 러시아 레드 마피아 총 보스의 의동생이
되어 있는 상황이다.

대사도 어지간하면 상수에게는 한 수 접어두고 있었다.

그리고 지금은 외교관의 신분이기도 했고 말이다.

한국 정부가 러시아 공식외교관을 범죄인 취급을 했다
는 것은 러시아를 무시하는 행위나 마찬가지였기에 대사
도 화가 났다.

"아니 한국 정부에서는 도대체 우리 러시아를 어떻게
생각하고 있어서 이런 짓을 하는 거란 말이야? 여기 한국
총리실로 연결해서 바꿔줘."

대사는 화를 내고는 바로 부하 직원을 호출하여 전화를
연결하라는 지시를 내렸다.

─예, 대사님. 바로 연결하겠습니다.

부하 직원은 빠르게 대답했다.

대사의 목소리를 듣고는 그가 지금 기분이 좋지 않다는
것을 금방 눈치챘기 때문이다.

총리실에서는 갑자기 걸려온 러시아 대사관의 전화에

총리가 전화를 받게 되었다.

"여보세요. 이거 바로치코프 대사님이 이 시간이 어쩐 일이십니까?"

—아니 한국 정부에서는 도대체 우리 러시아를 어떻게 생각하고 있는 겁니까?

"네? 갑자기 그게 무슨 말씀이신지……."

총리로서는 러시아 대사의 호통에 깜짝 놀라 반문했다.

—우리 러시아를 어떻게 생각하기에 코리아 시티에 국정원 직원이 가서 난리를 치는 겁니까? 내가 정식 공문으로 코리아 시티의 사장은 우리 러시아의 외교관의 신분이라고 밝혔는데도 마치 범죄인 취급을 하고 가는 것이 한국 정부의 방침입니까?

"……."

러시아 대사의 말에 총리는 갑자기 멍해지는 기분이었다.

자신은 하나도 알지 못하는 상황이었고 그런 지시를 내린 기억도 없었기 때문이었다.

그렇다면 누군가 개입이 되었다는 이야기였다.

상황을 알아보아야겠지만 우선 당장은 러시아 대사를 달래야 했다.

"대사님, 그런 일이 있었습니까? 제가 확인을 해보고 바로 조치를 취하도록 하겠습니다. 절대 그럴 일이 없는데 무언가 착오가 있는 것 같습니다. 우선은 진정을 하시고 조금 있으면 제가 바로 전화를 드리겠습니다."

─아무튼, 이번 일은 제가 개인적으로 처리를 할 수 있는 일이 아닙니다. 코리아 시티의 정상수 사장은 본국에서 직접 외교관의 신분을 주었기 때문에 바로 보고를 하게 되면 아마도 러시아 정부 차원에서 강력한 항의가 들어오게 될 겁니다. 제가 먼저 말을 하는 이유는 미리 아시고 계시라는 뜻에서입니다.

"……."

─솔직히 저는 이해가 가지 않는군요. 정상수 사장도 같은 한국인이 아닙니까? 그런 사람에게 왜 그런 짓을 하는지를 모르겠군요. 한국 기업에 도움을 주려고 하고 있는 것이 눈에 보이는데 말입니다.

러시아 대사의 말에 총리는 아무런 말도 하지 못하고 있었다.

총리도 이번 러시아의 공사에 대해서는 이미 보고를 받았다.

공사의 전권을 한국의 정상수라는 인물이 가지게 되었다는 말을 들었기에 알고는 있었다.

그런데 그런 인물에게 국정원에서 도대체 어떤 지시를

받고 그런 짓을 하였는지는 모를 일이었다.

러시아 정부에서 직접 항의를 한다는 말을 들으니 이거는 보통의 일이 아니라는 판단이 들었다.

국가적인 공사를 하는데 한국 정부에서 방해를 하고 있다는 항의를 받는다는 건 말도 안 되는 일이다.

이는 한국 기업이 공사를 하지 못하게 하는 것이나 마찬가지였기 때문이다.

정부가 그런 짓을 하는데 기업들이 그냥 당하고 있지는 않을 것이다.

그리고 그렇게 되었다가는 정부도 기업과 보이지 않은 마찰로 인해 힘들어질 수도 있었기 때문이다.

"대사님의 말씀대로 정 사장이 국내 기업에 많은 기회를 주려고 한다는 이야기는 들었습니다. 아직 제가 제대로 파악을 하지 못해 그러니 우선 사건에 대해 먼저 확인을 하고 바로 연락을 드리겠습니다."

─잠시만 기다려 주세요. 지금 그 녹음 파일이 도착했으니 제가 듣고는 다시 이야기를 하겠습니다."

총리는 녹음 내용이 도착을 했다는 말을 듣자 마음이 답답해지는 기분이었다.

도대체 무슨 짓을 하였는데 저렇게 팔팔 뛰고 난리를 치는지 알 수가 없어서였다.

총리는 전화가 끊어진 사이에 바로 국정원에 전화를 연결하라는 지시를 내렸다.

"당장 국정원에 직통으로 전화를 걸어서 원장 바꾸라고 하세요."

총리는 진심으로 화가 나 있는 상황이었다.

＊　　＊　　＊

국정원의 원장실에서는 지금 상수의 사무실에 다녀온 남자와 원장이 이야기를 하고 있었다.

"원장님, 정상수라는 그 친구는 한번 여기로 데리고 와야겠습니다. 그냥 말로 해서는 절대 들을 인물이 아닙니다."

"자네는 아직도 우리 국정원이 예전과 같다고 생각하고 있는 건가? 내가 항상 이야기를 했지 않나? 이제는 정신을 차리라고 말이야. 도대체 가서 무슨 이야기를 했는데 상대가 그런 반응이 나오는 거야?"

원장은 남자가 자신의 수하이지만 아직도 권위의식에 빠져 있어 걱정이었었다.

그런데 이번에 제대로 사고를 친 것 같아 걱정이 되었다.

"아니 원장님, 제가 가서 무슨 말을 했다고 그러십니까? 그냥 가서 국정원에서 나왔으니 협조를 좀 하라는 말밖에는 안 했습니다."

"그래 무슨 일로 협조를 하라고 하였는가?"

원장은 수하 직원의 말에 바로 물었다.

"그게 러시아의 무기 밀매 때문에 그러니 협조를 하라는 말을 하였습니다."

"뭐야? 자네 지금 정신이 있는 건가, 없는 건가? 그 사람은 러시아 외교관의 신분을 가지고 있다고 내가 분명히 말을 해주었는데 가서 그런 소리를 하였다는 말인가?"

원장이 그렇게 소리를 치고 있을 때 원장의 비서가 급하게 들어왔다.

"원장님, 총리실에서 직통으로 연락이 왔습니다. 지금 총리님이 직접 원장님을 바꾸라고 합니다."

총리가 직통으로 연결을 하였다는 것은 그만큼 급하다는 이야기였다.

원장도 바로 자리에서 일어났다.

"안으로 연결하게. 그리고 자네는 여기 기다리고 있어, 어디 가지 말고."

제2장 한국 정부 비상이 걸리다

원장이 바로 직통 전화를 받았다.

"예, 총리님. 접니다."

—아니, 박 원장! 지금 정신을 어디다가 두고 사는 거요?

총리의 호통이 바로 들려왔다.

—국정원의 직원이 러시아 외교관의 신분을 가지고 있는 사람을 찾아가 마치 범죄인처럼 취조를 하고 협박을 하였다고 하는데 도대체 어찌 된 일입니까! 지금 러시아 대사관에서도 항의가 들어오고 러시아 정부에서도 강력하

게 항의를 한다고 대사가 말하고 있는데 말이오? 도대체 무슨 일인지를 알고는 있어야 하지 않겠소?

"……."

총리의 말을 들은 원장은 갑자기 눈앞이 깜깜해지는 기분이었다.

상대가 분명 외교관의 신분인 것은 사실이었다.

그런 외교관을 마치 범죄인 취급을 하였다는 것은 상대 국가를 무시하는 행위나 마찬가지였다.

면책특권이 괜히 있는 게 아니다.

그러니 지금 러시아 대사관에 하는 소리는 당연한 일인 것이다.

러시아 정부에서도 항의를 하게 되면 이는 국제적인 망신이 될 수도 있는 문제였다.

원장은 전화를 들고 저 앞에 앉아 있는 직원을 마치 원수를 보는 것처럼 쩌려보았다.

원장의 그런 눈빛에 남자는 잔뜩 어깨를 움츠리고 있었다.

무언가 느낌이 살벌하였기 때문이었다.

"총리님. 이번 일은 저희 직원이 무언가 오해를 해서 벌어진 일인 것 같습니다. 바로 가서 사과를 하라고 하겠습니다."

─박 원장이 무언가 이상하게 생각하고 있는 것 같은데 지금 상대는 협박을 한 증거물을 대사관에 보냈고 러시아 대사는 그 증거물을 가지고 있다고 합니다. 내가 무슨 오해를 했다고 그런 소리를 하는 거요? 도대체 국정원이 누구의 지시를 받고 그런 행동을 했는지를 명확하게 밝히지 않으면 이번 일은 원장도 절대 피하지 못하고 그 책임을 져야 할 거요.

원장은 녹음이 된 말이 그대로 지금 러시아 대사관에 도착했다는 소리에 할 말이 없어졌다.

그는 지금은 자신도 빠져나가지 못할 정도로 상황이 심각하게 변하고 있다는 것을 알게 되었다.

도대체 저 멍청이 같은 놈이 가서 무슨 짓을 하였는지는 모른다.

하지만 저런 놈 때문에 자신이 옷을 벗어야 할지도 모른다는 생각이 들자 화가 나서 미칠 것만 같은 기분이었다.

"총리님. 제가 전화로는 곤란하고 가서 직접 이야기를 드리겠습니다."

"지금 아직도 상황을 인식하지 못하고 있는 것 같은데 지금 러시아 대사는 그 녹음 내용을 확인하고 다시 연락하기로 했단 말이오. 그러면 나는 러시아 대사가 하는 말을 들으면서 어떻게 대답을 해야 하겠소?"

총리가 하는 말을 들으면서 원장 눈앞이 캄캄해졌다.

상황이 생각 이상으로 곤란하게 전개되고 있다는 것을 알게 된 것이다.

동시에 이번 일은 정말로 싫었지만 그래도 과거의 친분과 앞으로의 미래 때문에 거절을 못한 것이 결국 이렇게 문제가 되었다는 생각이 들었다.

"사실은 말입니다……."

결국 원장은 전화기에 대고 자신이 이런 일을 하게 된 상황에 대해 자세하게 설명을 하게 되었다.

그리고 수하가 가서 상수에게 한 말들도 모두 이야기를 해주었다.

총리는 원장이 하는 소리를 들으면서 정말 기가 차서 말을 하지 못할 정도였다.

이거는 상대를 협박하여 불법적으로 일을 하게 만들려고 하는 고전적인 수법이었기 때문이었다.

─박 원장! 당신 지금 정신이 있는 거요? 지금 당신이 한 짓이 어떤 결과를 만들지는 생각이나 하고 그런 행동을 한 것이오? 국정원이 개인의 지시를 받는 그런 단체가 아닌데 원장의 사생활을 위해 이용을 하였다는 것은 중대한 범죄입니다. 알고는 있어요?

"죄송합니다. 총리님."

―아니, 지금 죄송하다고 해서 해결이 될 문제가 아닙니다. 당신들이 협박한 내용을 러시아 대사관에서 가지고 있소. 이 내용이 러시아 정부로 전해지게 되면 우리 정부는 세계적으로 망신을 당하게 생겼다는 말이오. 무슨 말인지 알겠소? 당신 혼자만의 일이 아니라 이거는 나라가 망신을 당하는 일이라는 뜻이오.

총리도 원장의 말을 들으니 이제 사건이 어떻게 해서 생겼는지를 알게 되었다.

원장이 그렇게 움직인 이유가 확실하게 나왔기 때문이었다.

정명호 의원이 아무리 여당의 실세라고 해도 국정원을 개인적인 욕심으로 이용을 한 것은 절대로 있을 수가 없는 일이다.

―우선 당신들은 거기 기다리고 있으시오. 내가 직접 대통령님을 뵙고 보고를 드리겠소. 대통령님도 알고 있어야 할 것이니 말이오.

"죄송합니다, 총리님."

원장이 전화기에 대고 하는 소리를 모두 듣고 있던 남자는 지금 얼굴이 창백하게 변해 있었다.

그는 그냥 개인이라는 생각에 협박을 좀 한 것에 불과

했다.

그런데 그게 지금 엄청난 짓이었다는 것을 알게 되었기 때문이었다.

원장은 통화를 마치고는 바로 남자를 보았다.

"들었지? 이제 너하고 나는 감방에 가서 사는 일만 남은 것 같으니 어디 도망갈 생각은 하지 마라."

"원장님, 제가 가서 다시 사과를 하고 오겠습니다. 제가 생각이 없어 그런 것이니 가서 사과를 하면 되지 않겠습니까?"

"늦었어. 이미 그 녹음 내용이 러시아 대사관이 들어갔다고 한다. 그리고 그 내용은 러시아 정부로 보고가 될 것이고. 우리가 감방에서 죽을 때까지 나오지 못할 수도 있다는 것만 알고 있어라."

그렇게 국정원의 원장과 직원은 울상을 지으며 앞으로의 대처를 고민했다.

*   *   *

한편 총리는 러시아 대사에게 걸려온 전화를 받으며 땀을 흘리며 사과를 하고 있었다.

"바로치코프 대사님. 이번 일은 우리가 잘못을 하였으

니 이번만 그냥 넘어가 주십시오. 제가 그에 대해서는 반
드시 보답을 하겠습니다."

─총리님이 그리 말하시지만 제가 어떻게 해드릴 수 있
는 문제가 아닙니다. 제가 총리님께만 말씀을 드리지만
정상수 사장은 단순한 정부의 대리인이 아닙니다.

"네? 그게 무슨……."

─러시아 레드 마피아 총 보스의 의동생입니다. 때문에
정부에서조차도 정상수 사장의 눈치를 보고 있는 형편입
니다. 그런데 이런 일이 생겼으니…….

마피아 총 보스의 의동생이라는 소리에 총리는 답답하
기만 했다.

"그래도 대사님이 잘 말을 해서 이번만 그냥 넘어가게
해주십시오. 진심으로 부탁드립니다. 우리도 정 사장님을
찾아가 사죄를 드리겠습니다."

총리는 러시아 대사에게 절실히 매달리는 수밖에 없었
다.

"그리고 이번 사건은 한국 정부에서 개입을 한 것이 아
니라 한 사람이 자신의 권력을 이용하여 지시를 내린 것으
로 밝혀졌습니다. 그에 대한 것은 제가 따로 처리를 하도
록 하겠습니다. 한 가지 약속을 드리자면 정말 만족한 만
한 결과를 보여주도록 하겠습니다."

'정명호 이놈······.'

총리는 러시아 대사와 말을 하면서 지도를 그리고 있었다.

러시아 쪽의 일도 무마시키면서 정치적 경쟁자도 실각시킬 건수.

이번 사건으로 정명호를 확실하게 쳐내려고 하는 것이다.

사실 정명호의 비리에 관해서는 총리도 엄청나게 많은 것을 알고 있다.

하지만 여당의 실세라는 이유 때문에 그동안 그냥 보고만 있었다.

그러나 이번에는 그 정도가 지나쳤다.

이젠 정말 끝을 내는 수밖에 없다. 그리고 일단 손을 대면 확실하게 처리를 해야 했다.

정치라는 곳은 어중간해서는 오히려 잡아먹히는 곳이다.

─내게 아무리 부탁을 해보아야 방법이 없습니다. 이미 저희 대사관에 정식으로 보고가 된 사항이기 때문에 저로서도 어찌할 수 있는 문제가 아니기 때문입니다. 총리님의 입장은 충분히 이해가 가지만 이번 사건은 본국에 정식으로 보고를 하지 않을 수가 없게 되었습니다. 제가 만약

에 보고를 하지 않았다는 것을 정상수 사장이 알고 본국에 보고를 하면 저는 어떻게 되겠습니까?"

러시아 대사의 말을 듣던 총리는 결국 이번 일을 해결할 사람은 상수밖에 없다는 사실을 알게 되었다.

"알겠습니다, 대사님. 그럼 마지막으로 부탁을 드리겠습니다. 더도 말고 덜도 말고 본국에 하는 보고를 조금만 미루어주십시오. 저희가 가서 정상수 사장을 만나보도록 하겠습니다. 그때까지만 시간을 좀 주십시오."

러시아 대사에게도 일단은 괜찮은 타협안이었다.

한국에서 불미스러운 일이 발생하였다는 것을 보고하는 것보다는 하지 않는 것이 좋았다.

조금 시간을 주는 것 정도야 그의 재량으로 할 수 있는 일이다.

나중에 일이 제대로 되지 않으면 그때 보고를 해도 늦지 않았다. 어차피 증거들은 이미 그의 손에 있는 상황이다.

―알겠습니다. 그러면 제가 하루의 시간을 드릴 수 있습니다. 그 안에 해결을 해주시기 바랍니다.

"감사합니다. 조만간에 제가 자리를 한번 만들겠습니다, 대사님."

―허허허, 한국 총리님이 만드는 자리라… 은근히 기대

가 됩니다.

총리는 그렇게 러시아 대사와 통화를 마치고는 바로 비서들을 불렀다.

"코리아 시티가 어디에 있는지 확인하세요. 내가 청와대를 다녀올 동안 모든 것을 파악해 놓으세요."

"예, 알겠습니다. 총리님."

총리는 그렇게 급하게 대통령이 있는 청와대로 향하게 되었다.

청와대 안에서는 대통령이 오랜만에 편하게 점심을 먹는 중이었다.

총리가 청와대를 찾아간 것은 바로 그 점심시간 중간이었다.

"지금 대통령님께서는 식사를 하고 계십니다. 조금만 기다려 주십시오."

"시간이 없으니 우선 안에 이야기를 해주게. 아주 급한 일이라고 말이야."

비서실장은 총리가 급한 일이라고 하자 우선은 안에 말을 전했다.

대통령은 사전에 아무런 예고도 없었지만 총리가 급한 일로 찾아왔다는 말에 식사를 물릴 수밖에 없었다.

잠시 후, 대통령과 총리가 만나게 되었다.

"아니, 무슨 일인데 그렇게 급하게 보자고 한 겁니까?"

"대통령님, 지금 아주 심각한 일이 터졌습니다."

"심각한 일이라고요?"

총리는 그러면서 설명을 시작했다.

정명호 의원이 자신의 동생을 이번 공사에 참여시키기 위해 국정원을 이용하여 상수를 협박하게 되었다는 것, 그로 인해 지금 러시아 대사관에 국정원이 협박한 내용이 담긴 파일이 그대로 보관이 되어 있다는 이야기를 모두 전해 주었다.

총리의 말을 들으면 들을수록 대통령의 얼굴은 굳어져만 갔다.

하지만 우선은 총리의 말을 가만히 듣기만 하고 있었다.

총리의 모든 이야기가 끝이 나자 대통령은 주먹을 쥐고는 앞에 있는 탁자를 내려쳤다.

꽝!

"아니, 정 의원은 지금 정신이 있는 사람입니까, 없는 사람입니까? 지금 시대가 어떤 시대인데 그런 방법을 사용한다는 말입니까? 그리고 국정원의 원장은 도대체 정 의원의 수하도 아닌 사람이 무슨 이유로 그 사람의 지시를 받았다고 합니까?"

"그게 정 의원이 차차기 대선에 나올 사람이기 때문에 미리 점수를 좀 따기 위해 일을 처리해 주기로 한 모양입니다."

"그래서요? 러시아 대사는 뭐라고 합니까?"

"우선은 시간을 조금 벌었습니다. 오늘 제가 직접 정상수 사장을 찾아가서 사과를 할 생각입니다. 정 사장의 입장에서는 황당한 상황을 당했으니 우리 정부에서 그런 짓을 하였다고 생각하고 있는 모양입니다."

하기는 국정원이 움직였으니 한국 정부에서 지시를 내린 것으로 오해를 할 수도 있는 문제였다.

대통령은 총리가 하는 이야기를 들으면서 고민이 되었다.

상수가 일개 개인의 자격이기는 하다. 하지만 한편으로 이번 일은 러시아 정식 외교관의 신분을 가진 인물과 관련한 일이기도 했다.

한국 사람이면서 러시아 명예시민이기도 한 인물이었기에 대통령도 관심이 가기는 했다.

"우선은 총리가 가서 그 친구에게 정중하게 사과를 하고 용서를 비세요. 우리 정부는 아니지만 정부의 치부와 같은 일을 모두 말할 수는 없는 일이지 않습니까? 그리고 그 친구를 여기로 초대해 주세요. 저도 개인적으로 그 친구에 대한 호기심이 생기네요. 약력을 보니 미국 하버드에 입학을 하였다고 나와 있던데 고등학교를 졸업하고 혼자 공부를 그렇게 열심히 하여 자수성가를 한 친구이니 보고 싶네요."

대통령은 이미 보고를 받았는지 상수에 대해 조금은 자세하게 알고 있었다.

하기는 한국 기업의 목줄을 쥐고 있는 기업이 바로 코리아 시티다.

당연히 그곳의 사장에 대해 모를 수가 없었다.

정부가 개입을 하지는 않지만 한국 기업들이 개입이 되는 일이었다.

당연히 정부에서도 은근히 지원을 하고자 했었기 때문이다.

특히 한국 정부는 이번 공사를 하는 업체가 코리아 시티라는 회사고 그 사장이 한국인이기 때문에 투자를 해도 크게 손해는 보지 않을 것 같다는 예상을 하고 있었다.

"알겠습니다. 코리아 시티 문제는 제가 가서 처리를 하면 되지만 정명호 의원은 어떻게 하시겠습니까?"

"정 의원이라… 정 의원이 요즘 말이 많다고 하던데 어떻습니까?"

"제가 보기에는 거의 안하무인격입니다. 가장 걱정이 되는 것은 정 의원의 친척들이 더 야단을 친다는 것입니다. 덕분에 지금 정부의 다른 기관에서도 정 의원의 눈치를 본다고 다들 고민입니다."

"그 정도로 심합니까?"

"말을 안 해서 그렇지 지금 상당히 골치가 아픈 상황입니다. 정 의원 때문에 다른 기관에서도 상당히 힘이 들다는 이야기들이 나오고 있습니다. 이거는 매번 부탁을 하고 있고 이제는 그 부탁을 당연하게 하는 것으로 알고 있으니 말입니다."

총리의 말을 들은 대통령의 조금 얼굴색이 달라지고 있었다.

자신이 생각하는 인물이 그렇게 주변을 관리하지 못하고 있다는 사실을 알게 되자 조금은 화가 나서였다.

"그 문제는 내가 알아서 처리를 하겠습니다. 총리는 걱정하지 말고 다른 문제를 처리해 주세요."

"예, 알겠습니다."

총리는 그렇게 돌아가게 되었다.

총리가 돌아가자 대통령은 바로 비서실장을 불렀다.

"실장. 거기 있나?"

"예, 기다리고 있었습니다."

"자네는 이미 알고 있었지?"

"예?"

비서실장은 눈치가 백단이다.

이미 대통령이 하는 이야기를 모두 알아들으면서도 모르는 것처럼 대답을 하였다.

"나는 솔직하게 이야기를 해주는 사람이 좋은데 말이야."

지금 대통령이 하는 말에 비서실장은 어쩔 수 없다는 얼굴을 하면서 대답을 하게 되었다.

"저는 대통령님께서 작은 일에 신경을 쓰지 않으시는 것이 좋다고 판단하여 보고를 드리지 않았습니다."

"자네는 그게 문제야, 나에게 감춘다고 해서 해결이 되는 것이 아니라는 것을 알면서도 감추었다는 것이 말이야."

비서실장은 이번 일로 인해 자신도 위험하게 되자 감출 수가 없게 되었다.

"사실은… 정 의원이 조금 과하게 욕심을 부렸습니다."

"이게 조금이라고 할 수 있는 문제인가? 당장 총리가 가서 사과를 하지 않으면 러시아 정부에서 정식으로 항의를 하게 생겼는데 말이야?"

대통령의 목소리가 커지자 비서실장은 대답을 못했다.

정명호는 자신이 저지른 짓은 아니었지만 그의 보좌관이 저지른 일 때문에 앞으로 어찌 될지 모르는 상황에 처하게 되었다.

대통령이 화가 났으니 말이다.

총리는 급하게 총리실로 와서 준비한 서류들을 검토하고는 바로 상수가 있는 코리아 시티의 사무실로 이동했다.

상수를 달래어 러시아 정부의 항의는 받지 않았으면 해서였다.

물론 이번 일에 연유가 된 이들은 철저하게 가려서 처리를 할 생각이었다.

"출발하세요."

"예, 총리님."

일국의 총리가 직접 찾아가서 사과를 한다는 일은 거의 없는 일이었다.

그리고 상수가 아무리 외교관의 신분이 있다고 하여도 총리가 가서 사과를 하는 일은 사실 해서는 안 되는 일이었다.

하지만 총리가 직접 가는 이유는 바로 그 녹음 파일 때문이었다.

증거가 확실한 상황에서는 아니라고 할 수도 없었기 때문이다. 또한 국정원이라는 단체가 다른 이의 지시를 받고 움직였다는 사실이 외부에 알려지게 되면 이는 망신도 그런 개망신이 없었기 때문이기도 하다.

총리는 차를 타고 가면서 혼자 여러 가지로 생각을 하고 있었다.

가서 우선 상수에게 어떻게 이야기를 해야 할지를 말이다.

제3장 국무총리와의 면담

"오늘은 선별이 된 기업체들을 모두 보고하세요. 이제 서서히 선정을 해야 하니 말입니다."

"알겠습니다. 오늘 모두 골라서 보고를 하겠습니다, 사장님."

상수는 이번에 공사를 할 업체들을 선정하기 위해 많은 신경을 쓰고 있었다.

그때 비서가 급하게 연락을 하였다.

"사장님! 국무총리님이 오셨습니다."

"응? 총리님이 여기로 직접 오셨다고요? 우선 안으로

모시세요."

상수는 국무총리가 왔다는 말에 조금은 놀랐다.

일국의 총리가 자신의 사무실에 올 이유가 없었기 때문
이다.

상수는 녹음이 된 내용을 대사관에 보냈지만 그 후로는
잊고 있었다.

그리고 그런 일은 자신이 처리를 하는 것보다는 대사가
처리를 하는 것이 더 효과가 있다는 것을 이미 잘 알고 있
었다.

그래서 그렇게 처리를 한 것이기도 했다.

비서의 말이 끝나자마자 상수의 사무실로 총리가 들어
섰다.

60대라는 것이 믿기지 않을 정도로 총리의 얼굴은 아직
도 정정하게 보였다.

"어서 오십시오. 총리님."

"반갑습니다. 정 사장님."

"그런데 총리님께서 여기는 어떻게 오셨습니까?"

상수는 진심으로 궁금한 얼굴을 하며 총리를 보고 있었
다.

총리는 상수의 눈치를 보고 그가 자신이 한 일의 여파
를 아직 모르고 있음을 알았다.

"내가 여기에 온 이유는 바로 정 사장님이 러시아 대사관에 보낸 녹음 내용 때문입니다. 시간이 되시면 조용히 이야기를 하였으면 합니다."

총리도 지금 있는 사무실은 말하기가 불편했기 때문에 하는 소리였다.

상수는 자신이 보낸 녹음 때문에 총리가 직접 찾아왔다는 말을 들으니 생각을 좀 달리하게 되었다.

이번에는 무언가 제대로 처리를 할 생각이 있는 것 같아 보였다.

"알겠습니다. 그렇게 하지요."

총리의 말에 상수는 그를 옆방에 있는 회의실로 안내하였다.

그곳은 방음이 잘되어 있어 누구도 듣지 못하기 때문이다.

상수가 안내하는 곳으로 이동한 총리는 상수와 마주 보면서 천천히 말을 하였다.

"정 사장이 이번 일을 상당히 불쾌하게 생각하고 있다는 것은 알고 있어요. 하지만 정 사장도 한국인이 아닙니까? 이번 일은 내가 책임을 지고 처리를 할 것이니 그 러시아 대사관으로 보낸 녹음을 정리해 주었으면 합니다."

상수는 총리가 하는 말을 듣고는 왜 총리가 이곳에 찾아왔는지 깨달았다.

그리고는 가능한 한 정중하게 말을 했다.

"저는 솔직히 이번 일이 한국 정부에서 개입을 한 것으로 알고 있습니다. 그런데 총리님이 찾아오셔서는 그렇게 말을 하시니 제가 모르는 다른 힘이 개입이 된 것 같습니다. 그러면 총리님은 이번 일을 어떻게 처리하실 생각입십니까?"

"우선 국정원의 사람은 이번에 그만두게 할 생각이에요. 그리고 정 사장이 방금 말한 사람은 아직 확실하게 대답을 줄 수는 없지만 앞으로는 이런 일이 생기지 않게 해주겠다는 약속은 해줄 수가 있어요. 그리고 솔직히 국정원에 이런 일에 개입이 되어 정말 미안하게 생각하고 있어요."

총리는 솔직하게 자신의 생각을 그대로 이야기해 주었다.

상수로서도 더 이상 거절하기가 힘들었다.

총리가 직접 찾아와 이렇게까지 사과를 하니 더 거절할 수는 없는 일이었다.

"그러면 총리님은 제가 대사관에 연락을 해 녹음이 된 내용을 지워달라고 하시기를 바라는 것입니까?"

"그래요. 나도 그렇지만 이번 일은 대통령님께도 보고가 되었어요. 대통령께서는 정 사장을 보았으면 하는데 정 사장의 생각은 어떤가요?"

대통령이 보자고 하는데 감히 거부를 하기에는 상수의 힘이 약했다.

"대통령께서 저를 보자고 하시니 거부를 할 수가 없군요. 날을 정해 연락을 주시면 찾아뵙도록 하겠습니다. 그리고 녹음이 된 것은 제가 곧장 수거를 하겠습니다. 하지만 총리님이 약속하신 것은 지켜줄 것이라 생각하겠습니다."

"그 약속은 내 입으로 한 약속이니 걱정하지 말아요. 아무튼 내가 하는 부탁을 들어주어 고마워요. 나중에 나도 정 사장이 하는 부탁을 들어주도록 하지요."

상수는 총리가 나중에 자신의 부탁을 들어주겠다는 말을 하자 눈빛이 빛나게 되었다.

한국 정부의 총리가 하는 약속이니 확실하기 때문이었다.

물론 공직이 있을 때 처리가 되어야 한다는 문제가 있기는 하다.

그래도 혹시 모르기 때문에 상수는 총리의 약속으로 인해 보험 하나는 들은 기분이었다.

"알겠습니다. 총리님이 그렇게 말씀을 해주시니 바로 대사관에 전화를 하겠습니다."

"고맙소. 정 사장."

총리는 솔직히 오늘 와서 상수가 거부한다고 해도 할 수 있는 말이 없었다.

우선은 국정원의 직원이 먼저 잘못을 하였고 그 직원은 정부의 지시가 아닌 개인의 부탁을 들어주었기 때문이다.

만약에 상수가 거부하면 한국은 정말 국제적인 망신을 면치 못하게 될 것이다.

그로 인해 엄청난 후폭풍이 생길 것이니 총리는 솔직히 그게 더 무서웠다.

그런데 다행히도 상수가 말이 통하는 인물이었기에 이번 일을 잘 해결하게 되어 마음이 놓였다.

그리고 상수가 하는 일에 대해 알아보았지만 자신에게 부탁을 할 것이 없다는 생각이 들었다.

정부의 인물만 아니면 총리인 자신에게 부탁할 것이 없었기 때문이다.

그렇게 총리는 상수와의 이야기를 마치고는 만족스럽게 돌아가게 되었다.

하지만 코리아 시티의 직원들은 사무실로 총리가 왔다

는 사실에 상당히 놀라고 있었다.

사장의 파워가 도대체 어디까지인지는 모르지만 총리가 직접 찾아오게 하는 일은 아무나 할 수 있는 일이 아니었기 때문이다.

막말로 대기업 총수라고 하더라도 회사로 총리를 부르기는 쉽지 않은 일이다.

그런데 이제 막 시작한 사업체에 총리가 직접 왔다?

그 내용 여부를 떠나서 엄청난 파급 효과가 있는 것이다.

당장 직원들이 생각하는 회사의 위상 자체가 달라졌다.

"우리 사장님이 힘이 있으니 총리가 직접 찾아와서 사과를 하고 갔다고 하네."

"나도 들었는데 우리 사장님이 저번에 화가 나서 러시아 정부를 움직인 모양이야."

"하하하, 사장님 덕분에 정부 사람들에게 굽실거리지 않아도 되니 기분이 좋네."

코리아 시티에 근무하는 직원들은 그런 자신의 회사가 은근히 자랑스러웠다.

다음 날.

상수는 총리 방문 덕분에 직원들의 사기가 올라간 것도 모르고 러시아 대사관에 전화를 걸었다.

―여보세요.

"여기 코리아 시티의 정상수입니다. 대사님 부탁합니다."

"예, 잠시만요."

상수가 잠시 그렇게 기다리고 있으니 대사가 전화를 받았다.

―예, 전화 바꿨습니다.

"대사님, 어제 제가 보낸 것을 회수하고 싶습니다."

―아니 어제는 급하게 처리해 달라고 하지 않았습니까?

러시아 대사는 다 알고 있으면서 모르고 있는 것처럼 말을 하고 있었다.

"어제는 정말 화가 나서 그런 것인데 어제 오후에 한국의 총리가 직접 찾아오셨었습니다. 이번 일에 연관이 있는 이들을 책임지고 처리를 하겠다고 약속을 해주었습니다. 그래서 이렇게 전화를 드린 겁니다."

러시아 대사는 상수의 말을 듣고 이번 일에 한국 정부가 개입이 된 것이 아니라는 것을 확실하게 알았다.

누구인지는 모르지만 아마도 제법 권력을 가지고 있는 정치인이 개입된 모양인데 아마도 조금 힘들게 되지 않았나하는 생각을 하게 되었다.

　―알겠습니다. 저희 쪽에서 가지고 있는 녹음 파일은 바로 삭제하도록 하겠습니다.

　메일로 보낸 것이었으니 삭제하기만 하면 되는 일이었다.

　"혹시 모르니 대사님이 직접 처리를 해주시기를 바랍니다. 그곳에 만약에 다른 파일이 있지 않게 신경을 써주시고 말입니다."

　―걱정하지 않아도 됩니다. 대사관에서는 아무도 모르는 일이니 말입니다.

　상수는 대사의 이야기를 듣고는 고개를 끄덕였다.

　그리고 설사 대사관에서 파일이 유출이 되었다고 해도 본인이 인정을 하지 않으면 그만이다.

　상수는 크게 신경을 쓰지 않았다.

＊　　　＊　　　＊

　한편 정명호 의원의 동생인 정명진은 지금 속이 타들어가고 있었다.

　"이거 뭐라고 연락이라도 있어야지… 답답해 죽겠구만."

자신의 회사가 이번 러시아 공사에 참여하지 못하게 되자 형인 정 의원에게 부탁을 하였는데 지금까지 아무런 소식이 없었기 때문이다.

그래서 내심 지금까지 연락이 없다는 건 정계의 실세인 정 의원의 힘으로도 힘들지도 모른다는 생각을 하고 있었다.

그래서 지금 그는 다른 꿍꿍이를 꾸미는 중이었다.

정명진은 형과는 다르게 주먹으로 커서 그런지 조금은 무식한 방법을 생각하고 있었다.

"아무래도 연락이 없는 것을 보니… 제대로 안 되는 거 아니야? 이대로 시간이 지나면 다 끝나 버리는데 말이야."

그렇다.

아무리 정 의원이 처리를 한다고 해도 먼저 계약을 체결하고 발표를 하게 되면 아무런 소용이 없게 되는 것이다.

"흠. 그럼… 연락을 기다릴 게 아니라 내가 처리를 해야겠어."

정명진은 자신의 방법으로 공사를 하려고 마음먹었다.

과거 자신이 데리고 있던 동생들에게 연락을 하여 상수에게 협박을 하려는 것이었다.

본인이 아니면 그 가족들을 협박하여 결국은 공사를 주게 만들려고 하는 방법이었다.

정명진의 지시를 받은 조직은 아직 거대 조직은 아니었지만 나름 실력을 인정을 받고 있는 조직이었다.

위치는 서울 강북이다.

내부적으로 자금이 부족하여 더 이상 조직을 키우지 못하고 있었는데 그때 정명진의 연락을 받게 되었다.

"코리아 시티라는 회사 사장의 가족들을 협박하여 공사를 받을 수 있게만 하면 된다는 말입니까?"

"그래. 그렇게 되면 너에게 이십억을 주도록 하마. 어떻게 해보겠냐?"

"네? 이십억이요?"

예상치도 못했던 이십억이라는 거금에 남자도 목소리가 떨렸다.

"그러면 저희가 가서 협박만 하면 되는 겁니까?"

"협박만 해서는 곤란하고 우리가 공사를 할 수 있게 해야지. 협박만 해서 무슨 소용이 있겠냐?"

하기는 협박을 하는 이유가 바로 공사를 하기 위해서이니 충분히 이해가 가는 말이었다.

하지만 이들은 지금 자신들이 건드리려고 하는 인물이 어떤 사람인지를 몰랐다.

그것이 실수였다.

*   *   *

상수의 집 근처에 요즘 이상한 무리가 나타나고 있었
다.

그 덕분에 요즘 동네 분위기가 아주 좋지 않았다.

"요즘 동네에 이상한 놈들이 자주 나타나는 바람에 분
위기가 좋지 않으니 너도 조심해서 다녀라?"

"예, 알겠습니다."

상수는 아침 출근길에 어머니가 그런 말을 했지만 으레
부모가 아들에게 하는 말 정도로 생각하고는 별생각 없이
출근을 하였다.

상수가 출근을 하고 나자 상수의 집을 유심히 보고 있
는 눈길들이 있었다.

"지금 나간 놈이 정상수라는 놈입니다. 이력을 보니 제
법 주먹을 사용하는 놈이었습니다."

"흠, 그래도 혼자니 걱정 마라. 다구리에는 장사가 없는
법이니까."

"물론이죠. 안 되면… 우리가 쓰는 연장이 있지 않습니
까. 걱정 마십쇼."

"그런데 그놈의 어머니는 대체 언제 집에서 나오는 거냐?"

"아직은 시간이 남았으니 우선 식사나 하시지요. 여기는 애들이 지키고 있으면 됩니다, 형님."

하기는 아침부터 이곳에 자리를 잡고 있었기 때문에 배도 고팠다.

"그러면 애들에게 여기를 감시하라고 하고 우리는 우선 밥이나 먹으러 가자."

이들은 지금 상수의 집에 있는 어머니를 노리는 중이었다.

하지만 이들이 모르고 있는 것이 있었다.

바로 상수의 어머니는 이들과는 격이 다른 이들이 지켜보고 있다는 사실이다.

상수는 어머니에게 혹시 모를 일이 생기는 것을 방지하기 위해 항상 근접에서 경호를 하라고 경호원들을 대기시켜 두고 있었다.

지금이야 아무런 흔적이 없지만 어머니가 집에서 벗어나는 순간 경호원들이 움직일 것이다. 그리고 이들은 정말 실력이 있는 이들로 구성이 되어 있었기에 상수도 안심하고 출근을 하는 것이었다.

그런 이들이 안전을 책임지고 있으니 상수가 믿고 출근

을 할 수가 있었고 말이다.

상수의 어머니는 낮이 되자 시장을 가기 위해 집을 나오고 있었다.

그때 상수의 집 주변을 서성이고 있던 이들이 빠르게 어디론가 전화를 걸었다.

"형님! 타깃이 지금 집을 나왔습니다. 아마도 시장을 갈 모양입니다."

─그러면 거기서는 말고 시장까지 조용히 따라가다가 시장 근처에서 처리해라.

"알겠습니다. 형님."

이들은 상수의 어머니를 모시고 갈 생각인 것 같았다.

그렇게 해야 협박을 제대로 할 수가 있을 것이라는 생각에서였다.

이십억의 거금이 생기는 일이기 때문에 최대한 조심하고 있는 중이었다.

상수의 어머니가 시장이 있는 곳으로 걸어가고 있을 때였다. 조폭들이 보고를 마치고 서서히 접근을 하려고 하였다.

하지만 그때 그들을 방해하는 이들이 있었다.

"어이! 잠시만 멈춰라."

"어이? 아니, 이 새끼들은 누구야?"

"저기 가시는 분을 경호하는 경호원들이지. 누구겠냐?"

경호원들은 지금 상수의 어머니를 원거리에서 경호하고 있는 중이었다.

모두 다섯 명이 경호하고 있었고 그중에 세 명이 조직원들의 앞을 막고 있었다.

두 명은 그대로 어머니의 뒤를 따라 이동을 하고 있었다.

세 명만으로도 이들 정도는 충분히 상대할 수 있는 실력이 있다고 판단을 한 것이다.

"경호원? 아니, 그런 이야기는 없었잖아?"

"형님. 우선 이 새끼들부터 처리를 하고 가시지요."

조직원들은 모두 다섯이었기에 일단 쪽수로 승리한다고 생각을 하고 있는 것 같았다.

하지만 조직원들이 하는 소리를 듣고 있던 세 명의 경호원은 입가에 미소를 짓고 있었다.

오늘 간만에 제대로 몸을 풀 수가 있게 생겼다고 말이다.

세 명이 순식간에 사이를 벌리면서 놈들을 공격하기 시작했다.

세 명과 다섯의 싸움이었지만 싸움은 일방적으로 세 명이 공격을 하는 것으로 진행되었다.

퍽퍽퍽!

"으윽! 이 개새끼들이 누구를 때리는 거야?"

한 놈이 맞았는지 얼굴에 인상을 썼다.

경호원들은 아직 품에 가지고 있는 봉을 사용하지 않고 있었다.

손으로도 충분히 상대를 할 수 있다고 판단한 모양이었다.

이들이 조직원들을 상대하고 있을 때 나머지 두 명의 경호원은 상수의 어머니를 따라가며 주변을 살피고 있었다.

그리고 그중 한 명이 전화를 걸었다.

드드드드.

"여보세요?"

─최기만 경호원입니다. 사장님.

"예, 무슨 일입니까?"

─오늘 조직에 속해 있는 것으로 보이는 자들이 어머님을 노리고 공격을 하려고 하였습니다. 지금 저희 경호원이 가서 처리하고 있는 중입니다.

상수는 자신이 아닌 어머니를 노렸다는 소리를 듣자 화가 나서 미칠 것만 같은 기분이었다.

"그래요? 거기가 어딥니까?"

―집 근처에 있는 시장입니다. 어머님께서 지금 시장에
가시는 중입니다.

"제가 금방 그곳으로 갈 테니 그 안에만 잘 보호를 해주
세요."

제4장 조폭들, 박살이 나다

상수는 급하게 하던 업무를 팽개치고 바로 회사를 나왔다.

"어머니를……."

어머니를 노린 놈들이 누구인지는 모르지만 절대 그냥 둘 생각이 없었다.

감히 자신도 아닌 어머니를 노렸다는 것이 상수를 분노하게 만들었다.

그리고 그 분노는 어머니를 노린 놈들에게 향하고 있었다.

지성은 상수가 갑자기 업무도 두고 나가자 의아함을 느꼈다.

하지만 상수의 모습을 보고 급한 일이 생겼다는 것을 느껴서 아무런 말도 하지 않았다.

상수는 급하게 차를 몰아 이동을 하였다.

시장 근처에 도착한 상수는 차를 세우고는 급하게 사방을 둘러보았다.

그런 상수의 눈에 쓰러져 있는 다섯을 차에 태우고 있는 경호원들이 보였다.

"거기 잠시만 기다리세요."

상수는 그렇게 말을 하고는 급하게 달려갔다.

다섯이 모두 얼굴에 나 조직원이요, 써 있는 것만 같은 외모들이었다.

"아니, 사장님. 여기는 어떻게 오셨습니까?"

"아까 전화를 받아 오게 되었습니다. 그리고 이놈들은 제 차에 태워주세요. 놈들이 어디에서 온 것인지를 확인해야 하니 말입니다."

이들은 상수의 실력을 알고 있다.

군소리 없이 바로 상수의 차가 있는 곳으로 놈들을 끌고 갔다.

상수는 차 문을 열었다. 그리곤 뒤에 놈들을 차곡차곡

쌓기 시작했다.

"어머니는 아직 무사하다고 들었습니다. 하지만 혹시 모르니 세 분도 같이 움직이시기 바랍니다. 제가 왔다는 이야기는 하지 마시고요."

상수는 어머니에게 이런 일을 알리지 않을 생각이었다.

그러고 있을 때 놈들의 품에 있는 핸드폰이 울렸다.

상수는 핸드폰을 꺼내 전화를 받았다.

"여보세요."

―웅? 너는 누구냐?"

"너희가 노리고 있는 분의 아들이다. 지금 있는 곳이 어디냐? 내가 직접 가서 만나려고 하니 말이다."

―……!

전화 속 상대는 상수가 직접 전화를 받은 걸로 자신들의 일이 실패했다는 것을 알았다.

상수가 직접 간다고 하니 전화를 건 인물이 금방 대답을 해주었다.

―여기로 온다고 하니 말해주지.

그러면서 그는 자신이 있는 위치를 상수에게 말해주었다.

상수는 그 말을 다 듣고는 전화를 끊었다.

"이제 놈들이 노리지는 않을 것 같으니 평소처럼 경호

를 해주세요. 저는 놈들과 이야기를 좀 해야 할 것 같습니다."

"그렇게 하십시오. 사장님."

경호원들은 상수가 간다고 하자 누군지는 모르지만 오늘 곡소리가 나겠다고 생각하고 있었다.

이들은 모두 처음 경호원 면접을 보면서 상수와 일대일 대련을 한 경험이 있었다.

그리고 결과는 상수의 옷깃 하나도 건들지 못하고 일방적으로 당하기만 했다.

그들도 대련 전에는 그동안 익힌 무술 실력이면 어디 가서도 쉽게 당하지 않을 정도라고 생각했었다..

하지만 상수와의 대련 이후로는 이들도 정말 죽을 각오를 하고 수련을 하고 있는 중이었다.

그만큼 상수와의 대련은 이들에게는 충격을 주었기 때문이었다.

상수는 당시 이들의 사정을 봐주지 않고 조금 심하다 싶을 정도로 일방적으로 몰아붙였었다.

그 이유는 자신의 실력이 아직은 부족하다는 것을 스스로 느끼게 해주기 위해서였다.

상수의 차가 떠나고 난 뒤, 경호원 중에 한 명이 입을 열었다.

"어떤 놈들인지는 모르지만 오늘 반 죽었다고 복창을 해야 하거야."

"사장님이 오늘 보니 많이 화가 나신 것 같은데 놈들이 고생하겠다."

"그렇지. 다른 것도 아니고 사장님 어머님을 건드리려고 한 거니 말이야."

이들은 상수의 실력을 알기에 오늘 어머니를 노린 놈들은 아마도 최소한 중상을 입을 것이라고 생각하고 있었다.

그만큼 상수의 얼굴이 굳어 있었기 때문이었다.

*　　　*　　　*

상수는 차를 몰고 놈이 이야기한 장소로 갔다.

거기에는 창고와 같은 건물이 보였다.

"저런 곳이 아지트일리는 없고… 나를 상대하기 위해 마련한 장소인가? 어느 조직인지는 모르지만 너희는 오늘 사람 잘못 건드렸다."

상수는 그렇게 중얼거리고는 차에서 내려 창고로 걸어갔다.

상수의 차에 실린 놈들은 아직도 정신을 차리지 못하고

있었다.

아니, 설사 정신을 차려도 놈들은 움직이지 못할 거였다. 이는 경호원들이 가지고 다니는 끈을 이용하여 놈들을 묶어두었기 때문이다.

상수는 창고의 입구에 가서 다시 핸드폰을 걸었다.

"여보세요?"

"여기 이야기한 장소에 도착했는데 창고만 있는데 이제 어디로 가야 하지?"

"오, 빨리 왔군그래. 거기 보면 작은 문이 있을 거야. 문을 열고 안으로 들어오면 된다."

놈이 수하들에 대한 이야기는 묻지도 않는 것을 보면 부하들은 이번 일을 하는 데 크게 중요한 놈들이 아니라는 것을 느낄 수가 있었다.

상수는 말대로 창고에 있는 작은 문을 열고 안으로 들어갔다.

안에는 이십여 명의 인물이 자신을 기다리고 있는 것이 보였다.

"오호, 정상수 사장이 겁이 없다는 이야기는 들었지만 이렇게 혼자 올지는 몰랐는데?"

"잡소리는 하지 말고 너희가 속해 있는 조직이 어디냐? 그리고 왜 우리 어머니를 납치하려고 했는지를 말해라."

"아이고, 무서워라. 얘들아! 여기 정 사장님이 우리 조직을 말하란다."

"하하하. 형님, 이놈이 정신이 나갔나 봅니다."

"우리 조직이 아마… 마피아이지 말입니다."

다들 상수의 말에 어디 겁 없는 강아지 취급을 하고 있었다.

그럴 것이 지금 상수는 혼자 몸이고 자신들은 자그마치 스무 명이 넘었다.

"이거 여기가 어디인지를 아직 모르는 모양이네. 이봐! 정상수 사장! 여기는 당신을 사장으로 대우를 해주는 사람이 하나도 없다는 것을 모르고 있는 것 같은데 조금 정신을 차리게 해줘야겠네."

그러면서 주변에 있는 놈들을 바라보았다.

이미 이야기가 되어 있었는지 그중 다섯 명의 인물이 상수에게 다가오고 있었다.

이미 상수가 들어온 문은 두 명의 인물이 장악을 하여 나가지 못하고 문을 잠그고 있었다.

씨익.

상수는 다가오는 놈들을 보며 차가운 미소를 지었다.

"내가… 누구인지를 모르고 있다고 하니 이번에 확실하게 알려주지."

상수는 그렇게 말을 하면서 다가오는 다섯을 향해 뛰어들었다.

상수의 움직임은 이들이 생각하는 것 이상으로 빨랐다.

순식간에 상수는 두 명의 인물에게 발로 상대의 다리를 공격하였다.

상수의 다리에는 붉은 혈기가 담겨 있기 때문에 그 강함은 절대적이었다. 당연히 공격의 결과 놈들의 뼈는 부러지고 있었다.

빠각!

"으윽!"

꽈지직!

"크윽!"

두 명이 단 한 번의 공격으로 쓰러지자 남아 있는 세 명은 놀란 눈빛을 하고는 눈빛을 교환했다.

그리고 동시에 상수를 공격하게 되었다.

상수는 그런 세 명의 인물이 하는 주먹질을 보며 가볍게 고개를 젖히며 피했다. 또한 자신도 다리와 주먹으로 놈들을 공격하였다.

빠각!

퍼석!

빡!

"아아악!"

"으악!"

"아악!"

세 명의 인물 모두 상수의 공격에 얼마 버티지도 못하고 쓰러지고 말았다.

그중에 하나는 기절을 하였고 말이다.

그렇게 상황이 이상하게 되자 처음에 말을 하였던 남자는 약간 놀란 얼굴을 했다.

하지만 그는 다시 지시를 내렸다.

"오. 역시 소문대로 제법 하는군. 하지만 언제까지 갈까. 놈은 혼자이니 모두 무기를 사용해서 함께 공격을 해라."

"예! 형님!"

그러자 놈 중에 일부가 품에서 아주 날이 잘 선 사시미칼을 꺼냈다.

상수는 그런 놈들을 보며 입가에 차가운 미소를 머금었다.

"사시미칼을 꺼낸 것을 보니 이제는 죽어도 좋다는 이야기이지?"

상수는 그렇게 말을 하고는 놈들에게 달려들었다.

이런 놈들과 시간을 끌고 싶지가 않아 상수는 최대한

빨리 처리하려고 하였던 것이다.

상수는 사시미칼을 들고 있는 놈들에게 가장 먼저 달려들었다.

그중에 하나가 제법 사시미칼을 사용할 줄 아는 듯했다.

놈은 상수를 보며 순간적으로 사시미칼을 휘두르고 있었다.

상수는 그런 놈의 팔을 비껴 치면서 놈의 팔에 강한 힘을 사용하였다.

빠각!

"크윽!"

놈은 순식간에 자신의 팔이 부러지는 것을 느끼고는 주춤거리며 뒤로 물러서려고 하였지만 상수는 그런 놈을 그냥 두지 않았다.

상수는 주춤거리는 상대에게 바로 다리로 공격을 하였다.

물론 그 공격에도 혈기가 담겨 있었다.

꽈지직!

"크아악!"

상수는 놈들이 무기를 꺼낸 이상 거리낄 것 없이 자신도 혈기를 담아 공격을 시작하였다.

그런 상수의 주먹과 발에는 살기도 담겨 있었기에 놈들은 상수의 근처로 오지 않으려고 할 정도였다.

하지만 상수는 놈들을 그냥 둘 생각이 없었기에 강하게 공격을 하였다.

빠드득!

꽈지직!

꽈직

"크아악!"

"아악!"

"아아악!"

놈들은 상수의 무지막지한 공격에 모두 팔과 다리가 부러지면서 쓰러지고 말았다.

상수의 그런 공격에 가장 처음에 나섰던 남자는 믿겨지지 않는다는 얼굴을 하며 상수를 보고 있었다.

불과 십여 분만에 남아 있는 부하들이 없어졌기 때문이다.

"이제 너만 남았네."

상수는 그렇게 말을 하면서 천천히 남자에게 걸어갔다.

"으으……."

남자는 이 믿을 수 없는 현실에 상수를 보며 뒤로 물러섰다.

한 조직의 행동대장으로 있던 인물임에도 너무도 강한 실력을 가진 상수를 보니 자신도 모르게 두려움이 들어서였다.

상수는 천천히 놈에게 다가갔고 놈은 뒤로 물러서다가 마침내는 벽에 붙게 되었다.

"우, 우리에게 왜 이러는 거냐?"

"왜 이러냐니? 너희가 먼저 시작을 하였지 않나? 나의 어머니를 노렸을 정도면 누군가 지시를 하였다는 이야기고 그러면 너희는 누군가의 청부를 받아서 이런 짓을 하였다는 이야기인데... 누구냐?"

상수는 이미 이들이 나타나는 순간에 누군가가 청부를 하였다는 것을 직감적으로 파악을 하고 있었다.

그렇지 않고는 이들이 어머니를 노릴 이유가 없었기 때문이었다.

말을 하는 상수의 눈에 혈기가 가득하였고 그 눈빛에 붉은 혈기가 넘실거리기 시작하자 남자는 상수의 모습에 공포를 느끼게 되었다.

마치 살인마를 보는 듯한 모습이었기 때문이었다.

혈기는 상대에게 공포를 심어주고 있었다.

남자의 몸이 미약하지만 덜덜 떨리고 있는 것을 알게 된 상수는 더욱 강하게 혈기를 움직이기 시작했다.

그러자 남자는 그 혈기의 기운에 극도로 공포에 질리기 시작했다. 상수는 남자의 눈에서 공포를 느낄 수가 있었다.

"다시 묻지. 누구냐?"

"으으으, 우리 조직에 청부를 한 사람은 정명진이라고 한도건설의 사장이다. 이십억을 준다고 해서 이번 청부를 하게 된 거다."

공포는 느끼지만 존대를 하지 않는 것을 보면 남자도 제법 대가 있는 모양이었다.

상수는 그런 남자의 말을 듣고 조금 생각을 하게 되었다.

한도건설이라는 곳은 이번 국정원의 일과도 연관이 있는 업체였기 때문이었다.

'이제는 권력의 힘으로 되지 않으니 건달들을 동원해서 나에게 협박을 하겠다는 말이지.'

상수는 한도건설이라는 이름을 머릿속으로 기억하게 되었다.

물론 좋지 않은 것으로 기억을 하는 것이었지만 말이다.

"너희 조직은 왜 그런 청부를 받은 것이냐?"

"으으으, 우리도 이제 조직이 조금 커져서 상당한 자금이 필요했기 때문에 그런 청부를 받은 것이다."

남자의 말을 들으니 이들도 나름 사정이 있어서 한 짓이라는 것을 알 수는 있었다.

하지만 그렇다고 해서 이들을 그냥 둘 수는 없는 일이었다.

상수는 이내 핸드폰을 꺼내 전화를 걸었다.

─여보세요, 총리실입니다.

"코리아 시티의 정상수라고 합니다. 총리님 부탁드립니다."

상수의 말에 아가씨는 금방 상대가 누구인지를 알았다.

그 문제 때문에 총리가 골치가 아프다고 하고 있었기 때문이다.

─잠시만 기다려 주세요.

아가씨는 그렇게 말을 하고는 바로 총리에게 보고를 하는 모양이었다.

상수가 한참을 기다리고 있으니 상대의 음성이 들렸다.

─정 사장이 연락을 하시고. 무슨 일이오?

"총리님이 저에게 분명히 약속을 하신 것으로 알고 있는데 조금 유감스러운 일이 발생하였습니다."

─아니, 정 사장. 유감스러운 일이라니 그게 무슨 말인가?

상수의 말에 총리는 깜짝 놀라 반문했다.

겨우 상수를 설득해 문제를 해결했다고 생각하고 있었는데 유감이라니 깜짝 놀란 것이다.

"지금 조폭들이 저의 어머니를 납치하려고 하다가 잡혀 있습니다. 그 한도건설의 사장이 청부를 하였다고 하는데 아직도 처리를 하시지 않았더군요."

─그, 그게 무슨 말이오? 한도건설의 사장이 직접 청부를 하였다는 말이오?

"제가 지금 총리님에게 거짓말을 하겠습니까? 지금 놈들을 모두 잡아두었으니 이쪽으로 경찰들을 보내주십시오. 그리고 이번 일은 저도 그냥 넘어갈 수가 없습니다. 감히 조폭들을 이용하여 협박을 하려고 하고 있다는 것은 그만큼 저희를 무시하고 있다는 뜻이 아니겠습니까?"

상수가 화가 난 음성으로 그렇게 말을 하니 총리도 솔직히 할 말이 없었다.

불과 시간이 얼마 지나지 않아 또 이런 일이 생겼기 때문이었다.

자신이 책임지고 처리를 하겠다고 하였는데 이런 일이 발생하였으니 총리도 할 말이 없었던 것이다.

─내가 당장 그곳으로 가겠소. 잠시만 기다려 주시오.

우리 만나서 이야기를 합시다.

"총리님이 이곳으로 오실 필요는 없습니다. 여기에 있는 놈들은 모두 부상을 입어 아마도 병원으로 후송을 해야 할 것 같으니 말입니다."

─아니, 나는 그놈들에게는 관심이 없어요. 내가 만나고 싶은 사람은 바로 정 사장이니 말이오.

총리는 상수가 이번 일로 오해를 하고 이상한 행동을 할 것이 염려가 되어 하는 소리였다.

"여기 놈들에게 확실한 증거도 있으니 우선은 이놈들을 처리 좀 해주세요. 저도 정당방위이니 문제는 없을 겁니다. 그리고 이번 사건의 배후자인 한도건설의 문제는 총리님이 책임지시고 처리를 해주세요. 다음에는 무슨 짓을 할지 모르니 말입니다. 제가 어머니에게 경호원을 붙이지 않았다면 오늘 정말 큰일이 벌어졌을 겁니다."

상수의 말에 총리는 정말 미안한 마음이 들었다.

자신의 입으로 처리를 하겠다고 약속을 하고도 이런 일이 벌어지게 되었기 때문이었다.

─내가 이번 일에 대한 것은 철저하게 조사를 하라고 지시를 하겠소. 그보다는 정 사장과 개인적으로 좀 만났으면 하는데 말이오. 먼저 한 이야기 때문이기도 하고요.

먼저의 말이라면 대통령과의 면담이었기에 상수도 계속해서 거절할 수는 없는 일이었다.

"알겠습니다. 그러면 여기는 경찰을 보내주시고 저와는 다른 장소에서 만나시지요."

―그렇게 하시오. 장소는 내가 정해서 문자로 보내주겠소.

"알겠습니다. 최대한 빨리 좀 부탁드립니다."

상수가 하는 통화를 듣고 있는 남자는 거의 절망에 빠진 얼굴을 하고 있었다.

국무총리와 직접 통화를 할 수 있는 그런 거물을 건드렸으니 이거는 조직이 살아남을 수가 없을 것이라는 판단이 들어서였다.

이는 자신에게만 국한된 것이 아니라 조직 전체가 무너질 일이었다.

가장 중요한 것은 조직 자체가 정치권에 찍혔으니 아마도 형량을 상당히 길게 받을 것이라는 점이다. 그런 생각을 하니 앞날이 캄캄했다.

'도대체 누구를 건드린 거야?'

아무리 조직의 큰형님이지만 이번엔 상대를 알아보지도 않고 덤빈 것이 가장 큰 실수라는 생각이 들었다.

남자가 그런 생각을 하고 있을 때 상수가 그런 남자를

보며 입을 열었다.

"내가 지금 통화를 한 분이 누구인지는 짐작을 할 것이고 너희는 아마도 더 이상은 조직을 유지하지 못하게 될 것이다. 다시 말하지만 경찰에 가서 다른 소리를 하게 되면 아마도 너를 평생 감옥에서 나오지 못하게 할 수도 있다는 것을 명심해라. 내가 지켜보고 있다는 사실을 꼭 명심하고. 알겠냐?"

남자는 상수의 무력도 대단하지만 그 인맥은 무력과는 천지차이라는 것을 깨달았다.

"알겠소. 경찰에 가서는 있는 그대로 이야기를 하겠소."

남자는 처음으로 반존대를 하고 있었다.

상수는 그런 남자를 차가운 시선을 보고 있었다.

시간이 어느 정도 흐르자 갑자기 경찰의 사이렌이 울리면서 창고가 있는 앞에 경찰들이 들이닥쳤다.

이미 부상자가 많다는 이야기를 들어서인지 후송할 수 있는 차량도 함께 온 것이다.

창고의 문이 열리면서 경찰들이 들어왔고 상수는 그런 경찰을 보며 서 있었다.

"코리아 시티의 정상수 사장님이십니까?"

"그렇습니다. 내가 정상수입니다."

"어디 다치신 곳은 없으십니까?"

경찰은 상수가 있는 곳을 보면서 부상을 입은 곳이 없는지를 물었다.

바닥에 상당히 많은 피가 고여 있었고 사방에 쓰러져 있는 사람들을 보니 부상도 거의 전부가 골절이었기 때문이다.

"부상은 없습니다. 그리고 저기 보이는 남자가 이들의 우두머리이니 데리고 가서 취조를 하시면 이번 사건에 대한 전말을 들을 수가 있을 겁니다. 저는 약속이 있어 그만 가보겠습니다."

경찰 중에 가장 선두에 있는 사람은 경정의 계급을 가지고 있었다.

아마도 가장 가까운 경찰서에서 고위직이 직접 나서게 된 모양이었다.

"그렇게 하십시오. 이미 연락을 받았습니다."

이번 임무는 국무총리가 직접 하달한 지시였기에 이들은 상수를 보고 조금도 이상한 말을 하지 않았다.

총리의 지시로 상수에게는 절대 어떠한 질문도 하지 말라는 엄명을 받았기 때문이다.

경찰들과 상수가 그러고 있을 때 총리는 이번 사건을

대통령에게 그대로 보고 중이었다.

청와대까지 갈 시간이 없어 보고는 전화로 이루어졌다.

―아니, 그 친구 정말 미친 것이 아닙니까?

"그래서 지금 제가 정 사장을 만나러 가기로 하였습니다."

―이번 일은 철저하게 조사를 하라고 하세요. 절대 공정하게 하라는 내 지시라고 전해주세요. 그리고 정명호 의원은 내가 만나도록 하겠습니다.

대통령도 총리의 보고를 들으면서 화가 날 정도였다.

한 번은 그냥 덮어두려고 하였는데 이제는 조폭을 동원하여 협박을 하려고 납치를 시도하다가 걸렸다고 하니 정말 어이가 없다는 생각이 들었다.

총리는 통화를 마치고는 바로 내무부 장관에게 직접 전화를 걸었다.

―여보세요?

"이 장관, 나 총리요."

―예, 어쩐 일이십니까? 총리님이 저에게 전화를 주시고 말입니다.

"대통령님께서 직접 지시를 하신 것이니 잘 듣고 이행을 해주세요."

―네, 무슨…….

총리는 그렇게 말을 꺼내면서 상수와 있었던 지금의 상황을 모두 말해주었다.

그러면서 대통령의 지시이니 이번 사건은 공정하고 세밀하게 조사를 하여 관련자를 모조리 잡아들이라고 전해주었다.

장관은 자신도 모르는 일들이 벌어지고 있었고 이미 경찰들이 출동을 하여 범인들을 검거하였다는 말에 놀란 얼굴을 했다.

하지만 이내 정신을 차리고는 바로 대답하였다.

─알겠습니다. 제가 책임지고 이번 일에 최대한 공정한 수사를 하라고 하겠습니다.

"이번 사건은 엄청난 일이기 때문에 지시를 하라고 하는 말이 아니고 장관이 직접 가서 지켜보라는 말입니다. 이는 대통령께서 직접 하신 말씀이십니다."

대한민국 국정의 최고 통치권자의 지시라고 하니 내무부 장관도 긴장을 하지 않을 수가 없었다.

─알겠습니다. 이번 수사는 제가 직접 가서 확인을 하여 관련자를 모두 검거하겠습니다.

장관의 대답을 들은 총리는 그제야 마음이 놓이는지 전화를 끊었다.

제5장 김세진의 음모

상수는 총리에게 받은 문자를 보고 천천히 약속 장소로 이동을 하게 되었다.

총리가 약속한 장소는 한적한 곳이기는 했지만 아주 청결해 보이는 한식집이었다.

상수는 서울 근교에 이런 집이 있다는 것을 처음 알게 되었다.

"흠, 이런 장소를 알고 계시는 것을 보니 총리께서도 한식을 좋아하는 모양이네."

상수는 차를 세우고는 안으로 들어가게 되었다.

입구에 들어서니 계산대가 보였기에 그쪽으로 갔다.

"여기 총리님이 예약을 하셨다고 하였는데 어디로 가야 합니까?"

"아, 제가 안내를 해드리겠습니다. 손님."

아가씨는 이미 이야기를 들었는지 상수가 하는 말에 바로 안내를 해주었다.

상수는 아가씨를 따라 안쪽으로 들어갔고 가면서 참 내부를 깔끔하게 하였다는 생각을 하였다.

방문 앞에 도착하자 상수는 문을 열고 안으로 들어갔다.

안에는 총리가 먼저 와서 상수를 기다리고 있었다.

"안녕하세요, 총리님."

"정 사장, 어서 와요."

둘은 간단하게 인사를 하고는 바로 식사를 주문하였다.

약간의 시간이 지나자 총리가 먼저 이야기를 하였다.

"정 사장, 이번 일은 내가 솔직하게 미안하게 생각해요. 책임을 진다고 하고는 그렇게 하지를 못해서 말이에요."

"이미 지나간 이야기를 하고 싶지는 않습니다. 하지만 이런 일이 다시 발생할 수도 있으니 이에 대한 조치는 필요한 것 같습니다."

말로는 지나간 일이라고 했지만 상수는 지금 조금 화가

나 있는 상태였다.

그리고 총리도 상수가 화가 난 이유를 충분히 이해하고 있었다.

자신의 어머니를 납치하려는 무리들이 있는데 어찌 화가 나지 않을 수 있겠는가 말이다.

이는 총리도 충분히 이해를 하는 부분이었다.

그리고 그런 상수를 어떻게 하든지 이해를 시키려고 하였다.

한참 동안 그렇게 두 사람은 이야기를 하였고 대화를 나누면서 서로 편하게 이야기를 하자는 상수의 말에 총리도 말을 놓게 되었다.

그렇게 해서 총리가 간신히 상수를 설득하게 되었다.

"정 사장, 정말 미안하게 되었네. 앞으로는 절대 가족들은 물론 정 사장에게 그런 일이 생기지 않도록 조치를 취하도록 하겠네."

"네. 저도 가족들에게 그런 일이 생겨서 놀랐습니다. 제가 만약 경호원을 붙여 두지 않았으면… 휴, 생각만 해도 끔찍합니다. 아마 지금 이렇게 자리에 있지도 못했을 겁니다."

상수의 말대로 어머니가 납치를 당했다면 상수는 아마 눈이 돌아버렸을지도 모르는 일이었다.

한국이 아니라 전 세계에서 상수를 감당할 사람은 아무도 없었기에 그런 상수를 감당하려면 한국이 시끄럽게 변할 수도 있는 문제였다.

다만 총리는 아직 그런 사실을 모르고 있지만 마피아의 힘을 빌린다고만 생각하고 있었다.

한국에 러시아 마피아들이 대거 입국을 하면 정말 곤란한 일이 생기는 것은 당연한 일이었다.

마피아 총 보스의 동생이 부르는데 가지 않을 수가 없을 것이고 이는 한국의 입장에서는 치안에 문제가 되는 일이기도 했다.

"무슨 말인지 내 충분히 알고 있네. 진심으로 정 사장에게는 사과를 하고 싶네. 그리고 정말로 앞으로는 그런 일이 생기지 않도록 할 것이니 걱정하지 말게. 이번 사건에 개입이 되어 있는 자들은 누구라도 모두 검거를 하여 조사를 하라는 대통령님의 특별 지시가 내려졌으니 이번 사건에 대해서는 철저하고 공정하게 처리를 할 것을 약속하겠네."

총리는 이번 일에 대한 것을 상수에게 아주 자세하게 이야기를 해주었다.

그리고 확실하게 약속을 해주고 있었다.

상수는 한도건설의 사장이 이번에 확실하게 조사를 받

게 된다는 말에 조금은 마음이 풀렸다.

"총리님이 그렇게까지 약속을 해주시니 저도 조금은 마음이 풀리기는 하네요. 제가 화가 난 이유는 어머니를 납치하려고 했다는 것입니다. 나이도 드신 분을 놈들이 납치를 하여 협박을 하려는 것이 저는 정말 참을 수가 없었습니다. 아시겠지만 저에게 가족이라고는 그분이 유일합니다. 그런 분을 납치하려고 하였다는 것이 정말 용서가 되지 않습니다."

상수의 지금 기분은 총리도 충분히 이해를 하고 있었다.

아마 자신이라도 상수가 당한 상황이었다면 참지 못했을 것이기 때문이었다.

한국에서는 어머니에 대한 생각이 다른 나라와는 다르게 아주 애절한 감정이 많이 남아 있는 나라였기 때문이다.

"이번 일을 사주한 한도건설도 절대 무사하지 못할 것이니 걱정하지 않아도 된다네. 그리고 지난번에 말했다시피 대통령님께서 정 사장을 한번 만나보고 싶어 하시는데 시간이 어떻게 되는가?"

"저는 항상 시간을 낼 수 있으니 문제가 없습니다. 그러니 약속을 잡으시면 바로 연락을 주십시오. 그러면 제가 시간을 맞추도록 하겠습니다."

"그럼 그렇게 하지. 내가 가서 그렇게 말을 하고 약속을 잡도록 하겠네."

총리는 더 이상 말을 하는 것은 상수에게 아픔을 주는 일이기 때문에 대화를 다른 것으로 돌렸던 것이다.

상수도 그런 총리의 마음을 알고 있기에 더 이상은 이번 사건에 대한 이야기를 하지 않았다.

두 사람은 이제 사건에 대한 이야기는 하지 않고 앞으로의 일에 대한 이야기를 나누기 시작했다.

"그나저나… 내가 정 사장에게 한 가지 묻고 싶은 것이 있는데 이번 러시아의 공사를 우리 한국에는 얼마나 주려고 하는 것인가?"

"러시아의 총공사비는 아시겠지만 육천억 불의 규모입니다. 만약 이 중 천억의 공사만 한국의 기업에 한다고 해도 무려 백조의 금액입니다. 저는 이번 공사의 반은 한국 기업에 주려고 하고 있습니다. 그래서 더욱 공정하게 업체를 선별하고 있는 것이고요. 만약에 공사를 시작했는데 중간에 그 기업이 부실해서 공사를 하지 못하는 상황이 발생하면 그 업체에서 가입한 보험을 러시아 정부가 받게 되어 있습니다. 이는 한국도 손해를 보는 일이기 때문에 처음부터 그런 업체를 빼고 공사를 진행할 생각입니다. 남은 반은 해외의 업체들이 하게 될 것이고요."

총리는 상수의 대답을 들으며 마음이 흐뭇해졌다.

공사의 절반을 한국의 기업에 주려는 것은 그만큼 나라를 생각하는 마음이 있었기 때문이라는 생각이 들어서였다.

물론 상수도 한국인이기 때문에 한국의 기업에 더 많은 공사를 주려는 것은 사실이지만 이번 공사에서 상수가 얻는 이득을 생각하면 외국에 주는 것보다는 한국 기업이 하는 것이 상수에게는 더 많은 이득을 볼 수가 있었기 때문이었다.

총리는 아직 그런 내부적인 사항에 대해서는 알지 못하기 때문에 그런 생각을 하고 있는 것이고 말이다.

"그런가. 그거 듣던 중 반가운 소식일세. 그렇다면 공사 기간은 얼마나 걸리는가?"

총리가 국정에 일을 보기는 하지만 공사를 하는 현장의 일에 대해서 아는 것이 없기 때문에 하는 소리였다.

"총 삼 년 동안 공사를 해야 하는데 저는 그 기간을 최대한 줄이려고 하고 있습니다. 그리고 이번 공사 중에 가스 공사는 조금 골치가 아픈 상황이기는 합니다."

"가스 공사도 있는 건가?"

공사를 한다는 것은 알고 있었지만 아직 가스를 한국으

로 가지고 오려고 한다는 내용은 총리도 모르고 있었다.

문제는 송수관 설치를 아직 정하지 않았기 때문에 상수도 공사를 바로 시작하지 못하고 있다는 것이다.

송수관을 북한을 경유해서 들여올 것인지 아니면 중국을 경유할 것인지는 아직 정해지지 않았기 때문이다.

그리고 그 문제로 상수는 조만간에 중국의 인물을 만날 약속이 되어 있었고 말이다.

"가스 공사는 이번에 가장 큰 공사입니다. 그리고 그 가스 송유관을 중국으로 경유할 것인지 아니면 바로 북한을 통해 들어올 것인지를 아직 정하지 않아 고민입니다. 러시아에서도 전화가 매일 오지만 아직 제가 정하지를 않아 고민을 하고 있는 중입니다. 중국 업체도 만날 약속을 하였지만 지금은 미루고 있고 말입니다."

상수의 말을 들은 총리는 상수가 하는 일이 엄청난 대공사라는 것을 이번에 확실히 알게 되었다.

러시아의 천연가스가 한국으로 들어오게 되면 이는 한국 경제에도 엄청난 이득이 될 수 있었기 때문이었다.

물론 정부가 개입을 할 수 없다는 것이 문제이기는 했지만 이번 공사로 인해 러시아 정부는 엄청난 돈을 벌 수가 있을 것이고 한국 기업들도 그만큼 공사를 하게 되니 이는 서로에게 도움이 되는 일이기는 했다.

"그렇군. 그러면 이번 공사에 대해 러시아 정부의 생각은 어떤 건가?"

"러시아 정부는 어디로 가도 문제가 없다고 생각하고 있습니다. 어차피 중국을 거쳐 오게 되면 그만큼 공사비는 들겠지만 중국이라는 시장을 가질 수가 있으니 말입니다."

"하지만 그렇게 되면 일본도 가만히 있지는 않을 것인데 말이야?"

"일본은 아직 생각을 하지 않고 있습니다. 저도 한국인이라 그런지 일본 놈들과는 그리 친하지 않네요. 총리님."

상수의 대답에 총리는 웃음이 터지려는 것을 속으로 참았다.

아마도 이런 생각은 한국인이라면 누구나 가지고 있는 감정이 아닐까라는 생각이 들었다.

총리는 그렇지만 사업은 냉정하게 판단을 해야 하는 일이기 때문에 지금은 이렇게 말을 하지만 시간이 지나면 달라질 수도 있다는 사실을 알고 있었다.

기업가는 우선 이득이 먼저였기 때문이었다.

가장 기본적인 내용은 가스가 한국으로 바로 올 수가 있다는 사실이었기에 총리는 기분이 좋아지기는 했다.

이런 공사를 한국인이 모두 총괄적으로 할 수가 있다는

것이 말이다.

사실 이번 가스 공사는 러시아 마피아의 총 보스가 직접 힘을 써서 할 수가 있게 되었던 것인데 바로 자신의 의동생에게 줄 선물로 지금의 공사를 하게 만들었던 것이다.

총 보스는 정치적으로 아는 인물들이 많았기에 이번 공사를 상당한 신경을 써서 준비를 하였고 그 덕분에 가스의 송유관을 공사할 수가 있었다.

엄청난 자금이 들어가는 것이지만 그만큼 많은 이득도 있는 공사라 러시아 정부도 거부를 하지 못했기 때문이다.

공사가 완료가 되는 시점부터는 엄청난 자금이 러시아로 들어오게 될 것이기 때문이었다.

"아무튼 엄청난 공사를 하고 있다는 사실을 알게 되어 기분은 좋다네. 이런 공사에 정 사장이 직접 책임자가 되어 있으니 말이야. 아무쪼록 우리 한국 기업들을 많이 챙겨주었으면 하네."

"네, 최대한 한국 기업에 공사를 많이 할 수 있도록 하겠습니다."

하기는 한국 기업들이 공사를 많이 해야 정부도 그만큼 좋은 일이기 때문이었다.

나라가 부강해야 국민들도 그만큼 편하게 살 수가 있었기 때문이다.

총리와 이야기를 하고 상수는 혼자 돌아오면서 과연 한도건설이 어떻게 될지를 생각해 보았다.

그리고 총리가 알려준 내용을 보니 한도건설이 왜 그렇게 나서게 되었는지를 이번에 확실하게 알게 되었기 때문이다.

사실 상수는 이번 일을 당하면서 사우디의 요원들을 한국으로 부를 생각을 하고 있었다.

한국 정부의 국정원이 있으니 자신도 그런 인물들을 이용하여 정보를 빼낼 생각을 하고 있었다. 물론 이제는 그럴 필요가 없어져서 그냥 두기로 하였지만 말이다.

특히 미국의 정보부와 다크 세븐이 이제 본격적으로 전쟁을 시작하게 되었다는 보고를 받고는 상수도 크게 웃었다.

자신이 원하는 방향으로 일이 진행이 되고 있어서였다.

미국의 정보부는 그만큼 엄청난 힘을 가지고 있는 곳이었기에 당분간은 아마 다크 세븐도 정신을 차리지 못하고 있을 것이기 때문이었다.

"여기 일을 마무리하면 다크 세븐에 대한 조사를 본격적으로 해봐야겠다. 뒤가 가려우면 마음이 불안하니 말이야.”

상수는 다크 세븐과 또 다른 한 곳을 기억하고 있었다.

물론 누리의 연구소에 대한 조사는 사우디 요원들에게 조사를 하라고 지시를 해두었지만 솔직히 그리 마음에 들지는 않았다.

자신의 능력이라면 바로 알아볼 수도 있었지만 저들에게 맡겨 두니 시간이 걸려서였다.

그리고 그 연구소에서 과연 어떤 것을 연구하고 있는지도 궁금했고 말이다.

상수는 과거의 일이지만 절대 잊지 않고 있었다.

당한 만큼은 꼭 돌려주고 싶어서였다.

“연구소에 대한 조사를 조금은 확실하게 하라고 지시를 해야겠다. 아직도 그 연구소에서 하는 일이 어떤 것인지를 파악하지 못한 것을 보니 인원도 더 보충을 하라고 해야겠다.”

상수는 그렇게 판단을 하고는 바로 조치를 취하게 되었다.

한편 총리는 상수를 만나고 와서는 바로 대통령을 만나러 가게 되었다.

이번에는 정명호 의원에 대한 문제를 확실하게 처리를

하기 위해서였다.

자신이 총리를 그만두면 두었지, 이런 망신을 당하게 되니 기분이 아주 더러웠기 때문이다.

대통령은 총리가 화가 난 얼굴로 오자 솔직히 개인적으로 미안한 마음이 들었다.

"어서 오세요."

"오늘 제가 왜 찾아왔는지를 아시고 계시니 더 이상 그에 대한 이야기는 하지 않겠습니다. 하지만 정명호 의원에 대한 문제는 오늘 확답을 받고 가야겠습니다. 제가 그 사람 때문에 이런 망신을 당해야 하는 이유가 무엇입니까?"

대통령은 총리가 화가 나서 하는 소리지만 충분히 이해가 가는 말이었기에 저런 행동을 하는 총리를 이해는 했다.

"정 의원은 내가 개인적으로 불러 자중을 하라고 하였습니다. 정 의원의 행실이 문제가 많지만 아직은 우리 당에 필요한 인재라 버릴 수가 없습니다."

"이번에 정 의원을 처리해야 합니다."

"네, 총리의 심정은 알고 있습니다. 하지만 아직은 이릅니다. 이번에 정 의원의 동생이 저지른 일은 법에 의해 단죄를 받도록 하였으니 이해를 해주세요."

대통령은 총리를 이해시키기 위해 최대한 부드럽게 이야기를 하고 있었다.

"하지만 대통령님. 저는 대통령님이 그 사람을 안고 가려는 것이 정말 이해가 가지 않습니다. 왜 하필이면 정 의원 그 사람입니까?"

"총리도 잔뼈가 굵었으니 우리가 하는 일이 모두 공정하다고 생각지는 않겠지요? 정 의원 그 사람은 그런 어두운 곳의 일을 하는 사람이라고 생각해 주세요."

"……."

대통령의 말에 총리는 입을 다물었다. 그 역시 당의 원로다.

그라고 그런 사정을 모를 리 없는 것이다.

"하지만! 한 가지는 약속을 해드리지요. 만약 다시 한 번 이런 일이 발생하게 되면 지금처럼 이렇게 보호를 하지 않을 것을 말입니다."

대통령이 그렇게까지 말을 하니 총리도 더 이상은 말을 할 수가 없었다.

그리고 정명호 의원은 총리의 생각으로는 절대 그냥 있을 사람이 아니라고 보였기에 이번 약속을 들은 것으로 만족할 수도 있었다.

"알겠습니다. 하지만 지금 하신 약속대로 다음에 그런

일이 발생하면 보호를 하지 마시기를 바랍니다."

"내 약속을 하지요."

"그러면 그에 대한 이야기는 더 이상 하지 않겠습니다. 그리고 정 사장은 언제든지 시간을 낼 수가 있다고 하니 시간을 대통령께서 정하시면 될 것 같습니다."

"그래요? 그러면 쇠뿔도 단김에 빼라고 했으니 내일 어떤가요? 내일은 나도 한가하니 만나도록 하지요. 같이 점심이나 먹도록 하는 것이 어떻습니까?"

대통령은 급하지는 않지만 그래도 상수에 대한 궁금증에 최대한 빨리 보려고 하였다.

상수가 러시아의 외교관이라서가 아니라 개인의 힘으로 정치권의 중심에 있는 정명호를 곤란하게 하고 있었기 때문이다.

그런 인물이 누구인지가 대통령을 가장 궁금하게 만들었기에 시간을 바로 잡은 것이다.

"알겠습니다. 그러면 내일 점심을 드시는 것으로 약속을 정하겠습니다. 장소는 여기가 좋겠지요?"

"하하하, 그 시간에 내가 어디를 가겠습니까? 여기서 식사를 하도록 하지요."

"알겠습니다. 그러면 저는 이만 가보겠습니다."

총리는 인사를 하고는 조용히 물러갔다.

대통령은 총리가 가고 나자 입가에 미소를 지었다.

이번에도 무사히 넘어갔다고 생각하면서 말이다.

하지만 대통령이 모르고 있는 것이 있었으니 바로 정명호는 대통령이 생각하는 그런 인물이 아니라는 것을 말이다.

아니, 정명호는 자제를 하려고 하여도 그 밑에 있는 이들이 그렇게 하지를 못하고 있다는 것을 말이다.

*   *   *

정명호 의원의 사무실에서는 지금 회의가 열리고 있었다.

"아니 자네는 그런 일도 제대로 처리를 못하고 이게 무슨 꼴인가?"

정명호는 오늘 대통령에게 불려가 좋지 않은 소리를 들었기에 하는 소리였다.

국정원에 부탁을 하여 일을 처리하라고 하였더니 사건이 이상하게 진행이 되어 결국 자신이 드러나게 되었기 때문이었다.

김세진은 정 의원에 말에 고개만 숙이고 있었다.

하지만 내심으로는 지금 이를 갈고 있는 중이었다.

'이 새끼들이…… 그렇게 조심하라고 했는데 일을 그

따위로 처리를 하여 나를 이렇게 창피하게 만들어? 어디 두고 보자.'

김세진은 평소 정 의원의 권력을 마치 자신의 것처럼 생각하고 있는 사람이었다. 그리고 지금까지 자신의 지위를 이용하여 엄청난 이득을 챙기고 있었다.

권력의 힘을 이용하여 부당한 재물을 모으는 재미가 이제는 아주 자연스럽게 몸에 배어 있을 정도였다.

"코리아 시티에 대해서는 당분간 아무런 행동도 취하지 말고 기다리게."

"알겠습니다. 그리고 죄송합니다. 의원님."

"자네가 나를 위해 노력을 한다는 것을 알기에 이번은 그냥 넘어가는 거야."

정 의원도 김세진이 얼마나 고생을 하는지를 알고 있었다.

자신이 지금처럼 이렇게 올 수가 있었던 것도 사실은 김세진이 그만큼 노력을 하였기에 가능하다는 것을 모르지는 않았기에 이번은 그냥 넘어가려고 하였다.

"감사합니다. 그런데 오늘 가서 무슨 소리를 들으셨습니까?"

"오늘? 가서 아주 개망신을 당하고 왔지."

정명호는 오늘 가서 들은 이야기를 보좌관인 김세진에

게 모두 말해주기 시작했다.

자신의 동생이 이번에 청부를 하여 지금 검거를 당해 있다는 말을 전하면서 그 내용에 대해서도 알려주었다.

"그러니 자네는 이번에 들어가는 우리 동생을 살펴줄 인물을 보내도록 하게. 안에서도 조금 편하게 생활을 해야 하지 않겠나?"

"제가 알아서 조치를 하겠습니다, 의원님."

김세진은 그렇게 대답을 하고는 나왔다.

보좌관실로 돌아온 김세진은 얼굴에 잔뜩 화가 나 있었다.

"아니, 이 미친놈들이 그렇게밖에 일을 하지 못하는 거야? 그리고 정 사장은 일을 하려면 제대로 해야지, 그게 뭐야?"

사실 정 사장이 이번에 청부를 하게 된 것도 사실은 김세진이 중간에 개입을 하여 그렇게 된 것이다.

김세진이 이대로 있으면 절대 공사를 따지 못한다고 정 사장을 살살 꼬드겨 결국 그런 청부를 하게 만들었기 때문이었다.

하지만 일이 생각처럼 되지 않았고 결국 정 사장이 검거를 당하고 말았으니 김세진은 그런 일이 화가 난 것이다.

자신이 시작을 해서 아직까지 실패를 한 일이 없었기 때문에 더욱 열불이 났다.

　김세진은 이번에 자신이 직접 나서서 일을 처리해야겠다는 생각을 하게 되었다.

　"이번에는 내가 나서서 일을 처리하는 것이 좋겠네."

　김세진은 그렇게 생각을 하면서 품에서 하나의 명함을 꺼내고 있었다.

　그런데 명함의 내용이 일본어로 되어 있는 것을 보니 아마도 일본에 누군가를 알고 있는 모양이었다.

제6장 태성 그룹

한편 상수는 지금 태성 그룹으로 가고 있었다.

오늘 태성에서 최종적으로 결정이 났다고 하여 자신이 직접 가고 있었다.

차를 이용하여 태성 그룹의 입구에 도착을 하였다.

상수의 차가 도착을 하자 태성에서는 이창섭이 직접 마중을 나와 있었다.

"어서 오십시오. 정 사장님."

"하하하, 이거 오늘은 이사님이 직접 마중을 나와주시고 영광입니다."

상수는 아주 기분 좋은 얼굴을 하며 인사를 하였다.

"제가 더 영광이지요. 안으로 들어가시지요."

창섭은 상수를 대하는 것에 아주 정중하게 하고 있었다.

과거의 상수와는 완전히 다른 대접이었다.

"그렇게 하지요."

창섭을 따라 안으로 들어간 상수는 바로 회의실로 가게 되었다.

그 안에 그룹의 회장과 부회장이 모두 자리에 있는 것을 보고는 상수도 조금은 놀란 얼굴을 하였다.

"오늘은 회장님도 계시는군요."

상수가 나지막한 음성으로 창섭을 보며 물었다.

"예, 오늘은 회장님도 회의에 참석을 하시고 계십니다. 이번 공사가 그만큼 우리 그룹에게 중요하기 때문입니다."

창섭과 상수는 그렇게 이야기를 마치고 걸어갔다.

회의실의 크기가 커서 실내지만 조금은 걸어야 하는 거리였다.

상수가 들어오자 태성 그룹의 간부들은 모두 긴장을 한 얼굴을 하고 있었다.

이번 일은 그룹 회장의 특별 지시였기에 일가의 모든

이가 참석을 하고 있었다.

물론 특별히 일가는 아니지만 그 능력이 뛰어난 인물도 같이 있었다.

"어서 오시오. 내가 태성의 이광수라고 하오."

나이는 70대의 노인이었는데 얼굴을 보면 이제 60대의 인물로 보였다.

"이 회장님을 뵙게 되어 영광입니다."

"허허허, 정 사장에게 그런 소리를 들으니 이거 몸 둘 바를 모르겠소. 우리 그룹의 사활을 쥐고 계시는 분이니 말이오."

"하하하, 제가 무슨 힘이 있어 태성 그룹의 사활을 책임 지겠습니까?"

상수는 그룹의 회장이라고 해도 당당하게 행동을 하고 있었다.

그만큼 지금까지 상수도 거물들을 많이 만나보았기 때문이다.

덕분에 이제는 상수도 자연스럽게 행동을 할 수가 있게 되었다.

하지만 그런 상수의 행동에 이 회장은 눈빛을 빛내고 있었다.

'음, 생각보다 만만치 않은 인물이네. 오늘 일이 조금

힘들 수가 있겠군.'

이 회장은 나이를 먹은 만큼 사람을 보는 시각이 탁월했다.

그 덕분에 지금의 그룹을 만들었고 말이다.

"자, 우선 여기 모인 이들을 먼저 소개하겠소."

이 회장이 그렇게 말을 하자 회장의 옆에 있던 부회장이 상수를 보며 인사를 하였다.

"저는 알고 있으니 제가 모두에게 소개를 하겠습니다, 회장님."

"그런가? 그러면 부회장이 소개를 해주게."

회장의 허락에 부회장은 정중하게 고개를 숙여 인사를 하고는 상수를 보았다.

"이거 오랜만에 보는데 엄청난 거물이 되어 있어 이제는 말도 함부로 하지 못하겠습니다. 정 사장님."

부회장도 이제는 상수에게 하대를 하지 못하는 입장이었다.

물론 나이로 따지면 자식이나 마찬가지다.

하지만 이제는 사회적인 여건을 먼저 생각해야 했기 때문이었다.

"하하하, 부회장님은 날로 건강해지시는지 정말 좋아 보이십니다. 전보다 더욱 좋아 보여 보기 좋습니다."

상수도 그런 부회장의 인사에 가볍게 답하면서 인사를 하였다.

"내가 소개를 하기로 하였으니 우선 소개부터 하겠습니다. 여기는 우리 그룹의 기획실을 책임지고 있는 기획실장입니다."

부회장의 소개에 기획실장이 나서며 인사를 하였다.

"기획실장인 이제중이라고 합니다."

"예, 반갑습니다. 정상수라고 합니다."

상수는 그렇게 부회장이 하는 소개로 인사를 하게 되었다.

그렇게 많은 수는 아니지만 인사를 하는 자리였기에 조금은 시간이 걸렸다.

인사를 마치고 회의실 자리에 앉은 상수의 옆에는 이창섭 이사가 마치 수행비서와 같이 자리를 잡고 앉아 있었다.

이는 회장이 직접 그렇게 하라는 지시를 하였기 때문이었다.

상수는 회사의 인물들과 같이 오려고 하였지만 그냥 편하게 혼자 오게 된 이유는 바로 태성과 은밀히 해야 하는 협상이 있어서였다.

"정 사장이 한 이야기를 아주 잘 들었어요. 그래서 우리 그룹에서는 정 사장에게 무엇을 줄 수 있을지를 고민하였고 마침 재원 그룹이 정 사장과 한 거래가 무엇인지도 알게 되어서 우리도 그에 준하는 것으로 준비를 하게 되었어요."

한국의 기업들은 서로 어느 정도 정보를 공유한다고 이야기를 들었는데 지금 보니 그 말이 모두 사실이라는 것을 상수도 알게 되었다.

하기는 자신과 한 거래 정도는 비밀도 아니었기에 상수는 상대가 그런 이야기를 해도 절대 흔들리지 않았다.

이런 정도는 아무것도 아니라고 생각이 들어서였다.

하기는 여기서 겨우 이런 일로 흔들리기 시작하면 안 된다.

흔들린다면 앞으로 더 많은 이가 기다리고 있는데 그때는 정말 힘들 수도 있었기 때문이었다.

"재원이 그렇게 통제를 하지 못하고 있는지는 몰랐습니다. 이미 아시고 계시다니 그러면 태성이 준비한 것을 들어볼 수가 있겠습니까?"

상수가 이제 아예 대놓고 달라고 하니 그룹 회장도 조금은 어이가 없는 표정이 되었지만 이내 정상적인 얼굴로 돌아왔다.

남자가 저 정도 배짱이 있다는 것은 그만큼 믿는 구석

이 있다는 생각이 들었다.

그것이 아니면 정말 무언가 자신들이 모르는 것이 있다는 생각이 들어서였다.

'우리가 모르는 다른 무언가가 있는 것 같은데 회의를 마치고 좀 더 자세하게 알아보라고 지시를 해야겠다. 저 친구는 내가 생각하기로는 지금의 자리에 만족할 인물이 아니라는 느낌이 강하게 드니 말이야.'

이 회장은 상수를 보면서 지금의 자리에 만족을 하지 않고 더 높은 곳으로 가게 될 것이라는 생각이 강하게 들었다.

자신의 사람 보는 눈이 정확하다면 상수는 앞으로도 많은 발전을 하게 될 것이다.

그런 상수와 인연을 맺으면 그룹에 손해가 없을 것 같아서였다.

기업을 이끄는 기업가의 눈이 때로는 냉혹하기도 하지만 기본적으로 냉철하게 상황을 보기 때문에 잔인해질 때도 많았다.

그리고 그들은 냉정하게 판단을 하여 자신들이 이득이 있어야 움직인다.

그런 이들은 어떻게 보면 참 현실적인 사람이라고 할 수도 있었다.

이 회장은 그러면서 옆에 있는 기획실장을 보았다.

그러자 기획실장이 상수를 보며 말을 하기 시작하였다.

"우리 태성에서는 이번 공사에 사활을 걸고 있습니다. 때문에 최대한 많은 공사를 할 수 있었으면 합니다. 이미 재원에 주시기로 한 공사가 천억 불 규모라는 말을 들었습니다. 우리 태성에도 그와 비슷한 공사를 주셨으면 합니다."

"그러면 태성에서는 어떤 것을 주실 겁니까?"

상수는 이미 알고 있다고 하니 이제는 당당하게 요구를 하고 있었다.

그런 상수의 태도에 이 회장은 옆에서 보고 있으면서 참으로 당돌한 놈이라는 생각이 들었다.

'허, 그놈 정말 대단한 놈이네. 우리 태성에 와서도 전혀 기가 죽지 않고 저렇게 당당하게 요구를 하고 있을 놈이 저놈 말고 또 있을까?'

이 회장은 그런 생각이 들었다.

그러면서 한편으로는 정말 마음에 드는 남자라는 생각이 들었다.

이 회장은 상수를 보며 어떻게 하든지 자신과 인연을 맺어두고 싶은 마음이 강하게 들기 시작하였다.

      *   *   *

상수는 태성에서 엄청난 금액을 받기로 하였다.

그리고 돈은 계약을 하는 순간에 바로 지불을 해주는 것으로 약속했다.

태성에서는 이번 공사에 사활을 걸고 있다고 한 말이 거짓이 아니라는 것을 증명이라도 하려는 듯 보였다.

그들은 엄청난 금액을 준비하여 상수를 흡족하게 만들어주었다.

더불어 상수는 태성 그룹과 이야기를 마치면서 한 가지 약속을 받아내었는데 바로 이번 일에 대한 비밀 엄수 건이었다.

재원 그룹에는 그런 약속을 하지 않아 말이 새어 나갔다.

알게 모르게 아는 사람은 알 테지만 그래도 입단속을 하는 게 좋았다.

"이제 두 그룹을 섭외하였으니 나머지 공사는 대기업에 줄 것이 아니라 건설만 하는 기업에 주면 되겠네."

상수는 한국의 중소기업들에게도 기회를 주려고 하고 있었다.

자체적으로 자금이 부족하여 공사를 할 수 없는 곳이라
면 몰라도 그렇지 않은 곳도 많았기 때문이었다.

  그렇게 건설이 조금이라도 활성화가 되면 한국 경제에
도 도움이 된다고 생각이 들어서였다.

  이는 총리를 만나고 나서 가지게 된 생각이기도 하였
다.

  총리는 나이를 먹었는데도 나라를 생각하는 마음이 상
수를 움직이게 하였기 때문이다.

  상수는 그렇게 회사로 돌아왔다.

  하지만 상수는 아직도 자신을 노리는 무리들이 있다는
사실을 모르고 있었다.

  바로 정명호의 보좌관인 김세진이 이번에는 일본의 인
물에게 상수의 일을 의뢰하게 되었기 때문이다.

  사실 김세진은 일본의 극우세력이 지원한 학자금을 받
아 공부를 하였다.

  때문에 자연스럽게 친일 인사가 되었고 지금은 일본의
앞잡이가 되어 있는 중이었다.

  친일을 하는 이들과는 다르게 김세진은 그들과는 왕래
가 없었지만 자신과 비슷한 상황의 이들을 만나면서 나름
세력을 만들려고 하고 있었다.

그런 세진에게 도움을 주는 일본의 인물은 극우 세력의 중진 간부였고 그는 세진이 원하는 것이라면 어떤 일이라도 수락을 해주고 있었다.

말 그대로 세진은 일본을 위한 소모품이었기 때문이다.

"한국의 김세진이 이야기한 인물이 누구인지는 알아보았나?"

"예, 지금까지 한국의 평범한 인물이었는데 어느 날 갑자기 외국어 실력을 인정받아 미국의 다국적 기업인 카베인에 입사를 한 인물입니다."

상수에 대한 정보가 이어졌다.

"지금 함께 근무를 하던 리처드라는 인물이 추천을 하여 본사로 가서 그 능력을 인정받아 이사로 재직을 하면서 미국 최대의 명문인 하버드에 입학을 한 인물이었습니다. 그리고 카자흐스탄에서 계약을 따내면서 러시아 마피아의 간부의 목숨을 구해주는 바람에 지금 러시아 마피아의 친구가 되었고 그로 인해 이번 러시아의 대단위 공사에 대한 전권을 가지고 한국에 입국을 했으며 러시아에 코리아시티라는 회사를 만들어서 한국에 지사를 설립하여 운영을 하고 있는 자였습니다."

"흠, 그러면… 그자가 이번 러시아 공사의 전권을 가지고 있는 자라는 말인가?"

"그렇습니다. 우리 일본도 이번 공사에 반드시 참여를
해야 합니다. 이번 공사에 참여를 하는 것도 중요하지만
가장 중요한 것은 가스관이 한국에까지만 오게 만드는
것을 더욱 연장을 하여 우리 일본에 오도록 해야 합니
다."

러시아의 천연가스를 싸게 살 수가 있다면 이는 엄청난
국가적인 이득이 있었기 때문에 하는 소리였다.

"그런 사실을 알면서 그동안 왜 로비를 하지 않은 건
가?"

"공사에 대한 입찰은 하였지만 아직 공사 구간에 대해
서는 구체적인 말이 나오지 않아서였습니다. 그런데 이번
에 알아보니 이 공사구간에 대한 것도 정상수라는 한국인
이 전권을 가지고 있었습니다."

"흠……."

남자는 그 말을 들으면서 한참을 무언가 생각하는 얼굴
을 하고 있었다.

일본의 경제도 중요하고 김세진의 부탁도 동시에 들어
줄 수 있는 길을 생각하는 모양이었다.

김세진의 부탁은 다름이 아니라 상수를 재생불능으로
만들어 달라는 것이었다.

하지만 간단하게 생각했던 일이 뚜껑을 열어보니 간단하지가 않았다.

러시아 공사의 전권을 가지고 있는 정상수라는 인물은 단순히 물리력을 행사하는 것만으로는 해결할 수 없다는 것을 깨달은 것이다.

남자는 그런 이유로 인해서 지금 고민을 하고 있는 중이었다.

그리고 약간의 시간이 지나자 남자는 무언가 결정을 내렸는지 눈빛이 빛나고 있었다.

"우선은 김세진의 부탁은 미루고 한국으로 사람을 보내서 이번 공사 구간에 우리 일본도 포함이 되도록 로비를 하라고 해라. 이번 일은 미쓰비시 건설사를 보내도록 해라. 건설사가 개입을 하는 것으로 포장을 하여 그자에게 충분한 이득을 약속해 주면 아마도 공사 구간을 일본까지도 약속을 받을 수가 있을 것이다."

"알겠습니다. 그런데 이미 중국에서도 움직이고 있다는 정보가 있습니다."

"한국으로 가려면 중국을 통해서 가는 길과 북한을 통한 길밖에 없으니 아마도 중국에서는 그런 것을 생각하고 움직이려고 하는 모양이다. 중국은 우리하고는 상관이 없으니 신경을 쓰지 않아도 된다."

"알겠습니다. 바로 조치를 취하겠습니다."

남자는 대답을 듣고는 속으로 다른 생각을 하고 있었다.

'일단은 살려주마. 모든 계약을 마치면 그때 놈을 암살하든지 아니면 김세진이 원하는 대로 해주어도 되니 말이야. 흐흐흐.'

남자는 속으로 그렇게 음흉하게 웃고 있었다.

*   *   *

한편 상수는 이번에는 중소기업들에 대한 것을 준비한다고 매우 분주하게 움직이고 있었다.

중소기업들이 단독으로 이번 공사를 할 자격은 없었기에 상수가 준비한 것은 바로 이들이 뭉쳐 대기업과 같이 공사를 하는 방법이었다.

대기업이야 이미 자격은 충분하였지만 모두에게 공사를 줄 수는 없는 일이었다.

그래서 상수는 그중에서 아주 좋은 기업체를 골라 그들과 만나 중소기업과 함께 공사를 하는 조건으로 공사를 줄 수 있다는 이야기를 하고 있었다.

물론 그들의 자존심이 있기 때문에 말을 할 때 조심스

럽게 하기는 한다.

하지만 기본적으로 상수가 갑이라는 입장이 있기에 상
수의 조건을 거부할 수는 없는 입장이었다.

그렇게 한국의 기업들에게 골고루 혜택 주기 위한 방법
을 심각하게 생각하고 있었다.

그때 상수에게 걸려온 전화가 있었다.

드드드.

"여보세요?"

—아, 정 사장. 나 총리일세.

"예, 총리님."

—내일 점심시간에 시간을 내줄 수가 있겠는가?

상수는 그 말을 듣는 순간에 이거는 대통령이 만나자는
이야기라는 것을 알 수가 있었다.

"총리님이 내라고 하시면 내야지요. 내일 어디로 가면
되겠습니까?"

—허허허, 벌써 눈치를 챈 것인가? 내일 청와대로 오면
될 것이네.

"알겠습니다. 내일 점심시간에 그쪽으로 가겠습니다.
총리님."

상수는 그렇게 약속을 하였다. 그리고 청와대라고 하니
은근히 내일이 기다려지고 있었다.

과연 대통령은 자신을 만나자고 한 목적이 무엇인지가 궁금해서였다.

상수는 대통령이 자신을 군이 만나자고 하는 것으로 보아 무언가 자신에게 요구하는 것이 있을 것 같다는 생각이 강하게 들었다.

"뭐, 내일 만나보면 알겠지. 무엇을 말하는지를 말이야."

상수는 그렇게 생각하고 오늘은 캐서린이 있는 아파트로 갈 생각을 하였다.

어머니에게는 야근을 한다는 이야기를 하였기 때문에 문제가 없었다.

상수는 그렇게 퇴근을 하여 캐서린이 있는 아파트로 갔다.

캐서린은 요즘 한국어를 배운다고 정신이 없었다.

아직 배우기 시작한 지 얼마 되지 않아서 한국어를 아는 것이 몇 개 되지 않았다.

그래서 상수는 캐서린이 있는 곳에 와서는 서로 영어로 대화를 하며 간간이 한국어를 사용하고 있었다.

밥을 달라고 하는 그런 말들은 한국어로 사용을 하면서 일상생활에 필요한 단어를 캐서린이 익히게 하려는 의도였다.

상수가 문을 열고 안으로 들어가자 안에는 캐서린이 티브이를 보면서 열심히 무언가에 빠져 있는 모습이었다.

상수는 자신이 온 것도 모르고 저렇게 열심히 보고 있는 것이 무엇인지를 보았는데 한국 드라마였다.

'하하하, 여자들은 세계 어디를 가도 드라마에는 약한 건가? 캐서린도 저러고 앉아 있으니 한국의 다른 여자들과 다를 것이 없어 보이네.'

상수는 속으로 그렇게 웃으면서 캐서린이 드라마를 모두 볼 수 있도록 조용히 기다려 주었다.

한 시간이 되도록 기다리니 드라마가 끝났다.

캐서린은 그제야 정신을 차렸는지 상수를 보게 되었다.

"어머, 상수 씨! 언제 왔어요?"

캐서린은 이제 상수에게 씨자를 붙이고 있었는데 이는 드라마의 효과였다.

말은 알아듣지 못하지만 하는 소리를 배우려고 하니 그런 말은 금방 배우는 모양이었다.

그래도 캐서린이 한국으로 오는 바람에 지금은 상당히 많은 한국어를 알고 있게 되었다.

캐서린도 머리가 똑똑하기 때문에 아직은 공부를 하는

것에 익숙해져 있어서 그런 모양이었다.

"캐서린, 드라마가 재미있어요?"

"예, 한국 드라마는 너무 감동적이네요."

캐서린이 보고 있는 가족 드라마는 제법 좋다는 평가를
받고 있는 작품이었다.

상수는 캐서린이 드라마를 보며 시간을 보내고 있는 것
이 마음에 들지 않았다.

하지만 그렇게라도 하지 않으면 캐서린이 할 일이 없기
때문이라는 것을 알기에 이해는 하고 있었다.

"오늘은 어떻게 지냈어요?"

"오전에는 선생님이 오셔서 공부를 하고 오후에는 요리
를 배우고 왔어요. 한국요리를 배우는 일이 너무 재미있
어요."

캐서린은 미국에 있을 때도 음식을 만드는 것을 좋아
했었다.

그런데 지금은 사랑하는 사람이 한국인이라 그런지 한
국요리에 더 많은 관심을 가지고 있었다.

상수는 그런 캐서린이 안쓰럽기도 하고 사랑스럽기도
했다.

그러면서 상수는 결혼은 캐서린과 하려는 마음을 더욱
강하게 가지게 되었다.

이미 캐서린은 자신에게 몸과 마음을 모두 주고 있다는 것을 알기 때문이었다.

  진심으로 서로를 사랑하는 모습이 아름답게 보이는 장면이었다.

제7장 청와대에 가다

상수는 그렇게 캐서린과 함께 밤을 보내고 다음 날 출
근을 하였다.

사무실에 도착을 하니 비서가 그런 상수를 보며 미소를
지으며 인사를 하였다.

"안녕하세요. 사장님."

"예, 오늘도 즐거운 하루입니다."

상수는 그렇게 인사를 하고는 바로 안으로 들어갔다.

비서와 염문을 뿌리는 사람이 되고 싶지는 않았기에 스
스로 조심하고 있었다.

그리고 솔직히 캐서린에 비해 그리 예쁘지도 않았고 말이다.

상수는 그렇게 다시 하루의 일과를 시작하였다.

하지만 오늘은 사전에 약속을 모두 거절을 하였기에 한가하게 일을 볼 수가 있었다.

오늘 약속은 점심시간에 청와대를 가는 것밖에는 없었기 때문이다.

상수는 그렇게 약속 시간을 기다리며 일을 보고 있다가 시간이 되자 천천히 이동을 하게 되었다.

청와대 입구에 도착하니 이미 연락을 받았는지 간단하게 신분을 확인하고는 바로 안으로 들어가게 되었다.

한 가지 다른 것은 운전을 상수가 하는 것이 아니라 경비가 대신해서 안으로 가고 있다는 것이 달랐지만 말이다.

"도착했습니다. 그러면 즐거운 시간 되십시오."

경비의 말에 상수도 고맙다는 인사를 해주었다.

"아, 안내 고마웠습니다."

상수는 인사를 하고는 천천히 걸어갔다.

상수가 이동을 할 때 그런 상수를 향해 걸어오는 남자가 있었다.

가끔 TV에서 모습을 보이는 익숙한 얼굴, 바로 대통령

비서실장이었다.

"어서 오세요. 기다리고 계십니다."

"예, 반갑습니다. 그런데 총리님은 오시지 않은 겁니까?"

"오늘은 총리님이 오시지 않습니다."

실장의 대답에 상수는 자신에게만 하고 싶은 말이 있다는 느낌이 강하게 들었다.

상수는 그렇게 비서실장을 따라 안으로 들어갔다.

안에는 고풍스러운 인테리어가 되어 있어 운치가 있어 보였다.

식당으로 가자 그 안에는 이미 대통령이 먼저 와서 기다리고 있었다.

"어서 오시오. 이렇게 급하게 초대를 하여 불쾌하지 않았으면 하오."

"아닙니다. 저도 이렇게 만나게 되어 영광입니다."

요즘은 각하라는 말을 사용하지 않았기에 상수도 그냥 편하게 대화를 하고 있었다.

그리고 솔직히 대통령이라고 해서 상수에게 부담을 주는 인물도 아니었기 때문이었다.

상수는 한국의 대통령과 동급으로 취급하는 사우디의 왕자와도 친하게 지내는 사이였기 때문이다.

대통령은 아직 젊은 상수가 자신을 보고도 전혀 긴장을 하지 않고 있는 모습을 보며 속으로는 조금 놀라고 있었다.

보통의 사람은 자신을 만나면 당황하여 행동이 부자연스러운 것이 정상이다.

한데 상수에게는 전혀 그런 모습을 발견할 수가 없었기 때문이다.

그만큼 자신과 비슷한 인물들과 인사를 하였다는 이야기였기에 놀라는 것이다.

"우리 우선 식사부터 하면서 천천히 이야기를 나누도록 합시다."

"예, 이렇게 불러 주셔서 감사하게 생각합니다."

상수는 그렇게 대답을 하고는 식사를 하게 되었다.

두 사람은 식사를 하는 동안은 아무런 말도 하지 않았다.

이는 대통령은 무언가 하고 싶은 말을 아끼고 있었고 상수는 당연히 별로 할 말이 없었기 때문이다.

대통령이라고 해도 상수에게는 크게 마음에 걸리는 것이 없으니 행동이 자연스러울 수밖에 없었다.

식사를 마치고 티타임 시간이 되어 두 사람은 차를 마시게 되었다.

"우리 기업들에게 많은 공사를 주려고 한다는 말을 들었습니다. 우선 이 나라의 대통령으로서 고맙다는 말을 하고 싶었어요."

"아닙니다, 대통령님. 저도 한국인이니 당연한 결정입니다."

"그래도 고마운 건 고마운 겁니다. 게다가 나는 정 사장과 같은 인물이 어떤 사람인지 솔직히 상당히 궁금했어요."

"저는 그렇게 대단한 사람이 아닙니다, 대통령님. 저도 그저 다른 사람들과 다를 것이 없는 일개 평범한 사업가에 불과합니다."

"허허허, 정 사장이 그냥 평범한 사업가라고 하면 다른 사람들이 욕을 해요. 정 사장은 지금 한국뿐만이 아니라 다른 나라에서 보기에도 풍운아라고 할 수 있으니 말이에요."

대통령은 시종 조용한 음성으로 부드럽게 말을 하고 있었다.

"풍운아라고 말씀해 주시니 정말 감사하게 생각합니다. 솔직히 그 말이 느낌이 아주 좋습니다."

상수는 기분 좋은 미소를 지으며 대답을 하였다.

그리고 그런 상수를 보는 대통령의 눈빛이 조금은 묘하

게 변하고 있었다.

"이번 러시아 공사에 대한 전권을 가지고 있다고 들었는데 사실인가요?"

상수는 대통령이 계속 존대를 하고 있으니 솔직히 불편했다.

"예, 제가 전권을 가지고 있는 것은 사실입니다. 그리고 저에게는 그냥 편하게 말씀을 해주셨으면 합니다. 총리님과도 그냥 편하게 대화를 하고 있습니다. 제가 나이가 한참 어리니 그냥 하대를 해주십시오."

상수의 말에 대통령은 미소를 지었다.

"허허허, 정 사장이 그렇게 말하니 그럼 내가 편하게 말을 하겠네."

대통령은 마치 기다렸다는 듯이 말을 편하게 하고 있었다.

상수는 속으로 그런 대통령을 보면서 웃었다.

"저도 그게 편하니 그렇게 해주십시오."

"허허허, 오늘 정 사장을 보자고 한 이유는 다른 게 아니라 사실 이번 공사에 우리 정부가 부탁이 있어서 보자고 한 것이네."

상수는 드디어 본론이 나온다는 생각이 들었다.

그리고 지금은 정신을 차려야 한다는 생각이 들어 말을

듣기 시작했다.

"우리 경제가 힘들다는 것은 정 사장도 알고 있겠지만 아마 정 사장이 생각하는 것보다 훨씬 나라가 힘들다네. 그래서 나는 이번에 정부의 공적인 자금을 이번 공사에 조금 투자를 하고 싶어서 불렀네."

"투자를 하시고 싶다고요?"

상수는 갑자기 투자 이야기가 나오자 이해가 가지 않는 표정을 지었다.

사실 자신이 하려고 하는 공사에는 투자를 할 것이 없었기 때문이었다.

이미 러시아 정부와 지분에 대한 정리도 하였고 공사비도 마련을 하였기 때문에 투자를 받을 이유가 없었기 때문이었다.

이번 공사에 대한 공사비는 금융권에서 지불하기로 말이 다 되어 있는 상태다.

그런데 한 곳에서 모든 공사비를 감당하기에는 금액이 크다고 하여 두 곳에서 공사비를 빌려주기로 하였던 것이다.

"내가 투자를 하겠다는 말은 이번 공사에 투자를 하겠다는 이야기가 아니고 정 사장의 회사가 이번 공사를 하고 나면 아마도 지분을 가지고 있을 것이기 때문에 그곳에 투자를 하겠다는 이야기네."

대통령이 하는 말을 듣고 나서 상수는 왜 투자를 하겠다는 것인지 이유를 알게 되었다.

자신의 회사는 가스와 유전에 대한 지분을 가지고 있다.

때문에 그에 따라 자금을 투자하여 이득을 보고 싶다는 말이었다.

그리고 실지로 본사는 러시아에 있지만 만약에 공사를 마치고 상장을 신청하면 바로 될 수 있는 회사가 바로 코리아 시티였다.

코리아 시티는 한국 지사이지만 별도의 회사로 만들 수도 있었기 때문이었다.

그리고 한국 지사를 별도의 상장회사로 만들 수도 있었지다.

물론 그렇게 했다가는 한국 정부의 눈치를 보지 않을 수가 없었기에 상수는 러시아에 본사를 두고 한국에 지사를 설립하였던 것이다.

"흠, 그러면 얼마를 투자하실 생각이십니까?"

투자를 하겠다는데 거절할 이유가 없는 상수였다.

솔직히 자금이 필요하지는 않다.

그래도 대통령이 투자를 하겠다고 하니 받아주고 서로

의 사이를 좋게 하는 것도 나쁘지 않다고 판단을 하여서였다.

자그마치 대통령이 부탁하고, 정부가 투자하는 것이다.

나쁠 리가 없다.

"내가 하려고 하는 것이 아니라 정부 차원에서 투자를 하려고 하는 것이네. 그래서 금액은 대략 50억 불 정도 될 것 같네."

상수는 50억 불이라는 말에 조금은 놀란 얼굴을 하며 대통령을 보았다.

"아니, 그렇게 많은 자금을 저에게 투자를 하신다는 말입니까?"

"정 사장이 이번 공사를 마치면 회사의 규모가 어느 정도 될 것이라고 생각하는가? 내가 보기에는 최소한 백억 불 이상은 나갈 것 같은데 말이야. 안 그런가?"

하기는 유전에 대한 지분이 60퍼센트를 가지고 있으니 그것만 해도 백억은 넘어갈 것으로 보고 있는 상수였다.

하지만 그것으로 그치는 것이 아니라 가스마저 따게 되면 코리아 시티는 엄청난 상승효과를 볼 수가 있는 회사로 성장을 거듭하게 될 것이다.

그렇게 되면 러시아에서도 당연히 코리아 시티를 상장

하게 될 것이다.

그리고 마피아가 보호하는 회사이니 최대한 보호를 해주려고 할 것이고 말이다.

상수도 그런 사실은 알고 있었지만 아직은 공사를 마쳐야 하는 이야기였기에 생각을 접고 있었다.

"그보다는 더 가치가 있는 회사로 성장을 하게 될 것입니다. 제가 생각하는 저희 회사의 가치는 최소 천억 불의 규모이니 말입니다."

"……!"

상수의 대답에 오히려 대통령이 놀라고 있었다.

이번 공사에 대한 지분이 자신이 생각하는 이상이라는 답변이었기 때문이었다.

"코리아 시티가 그 정도로 가치가 있는지를 몰랐는데 지금 들어보니 정말 대단한 회사로 발전을 할 가능성이 있다는 생각이 들었네. 그리고 그런 회사라면 투자 가치는 더욱 확실하고 말이야. 어떤가? 우리 정부의 투자를 받아줄 용의가 있는가?"

"투자를 하시면서 회사의 지분을 달라고 하면 저는 사양하겠습니다."

상수는 투자를 받아줄 수는 있지만 회사의 지분은 양보할 수 없다고 생각하고 있었다.

코리아 시티는 100퍼센트 상수의 지분이었기 때문에 상수는 단 1퍼센트도 남의 손에 들어가는 것을 싫어했다.

이미 카베인에 근무를 하면서 지분 때문에 회사가 양쪽으로 갈리는 것을 보았던 상수다.

때문에 상수로서는 그런 회사를 만들고 싶지가 않았다.

"아니, 회사의 지분을 주지 않으면 어떻게 투자를 하라는 말인가?"

"회사채를 발행하면 되지 않습니까? 그거만 해도 투자에 대한 확실한 이윤이 남으니 말입니다."

상수의 대답에 대통령은 상수가 보통의 인물은 아니라는 생각을 하게 되었다.

이미 회사에 대한 확고한 대답을 준비하고 있다는 생각이 들어서였다.

회사채를 발행하면 얼마나 이득을 볼지는 모르지만 분명히 이득을 보는 것은 맞았다.

코리아 시티가 망한다면 모르지만 그렇지 않으면 말이다.

"자네의 말대로 천억 불의 가치를 가진 회사라고 하면 내가 투자를 하려는 50억 불은 그리 많은 금액이 아니지 않는가? 그러니 그 금액에 한해 지분을 양보해 줄 수는 없는 건가?"

대통령은 상수의 대답을 들으며 더욱 욕심이 나고 있었다.

이거는 처음 생각과는 다르게 점점 코리아 시티가 확실한 회사라는 생각이 들어서였다.

투자를 하는 것이 문제가 아니라 지분을 받는 것이 장래를 위해서는 더욱 확실한 방법이라는 생각이 들어서였다.

대통령도 상수가 이번 공사를 마치면 유전과 가스로 인해 엄청난 이득을 볼 수 있을 것이라는 예상을 하고 있었다.

다만 상수가 가지고 있는 지분이 얼마인지를 정확하게 알지는 못했지만 말이다.

"저희 회사의 지분을 원하시는 이유를 모르겠습니다."

상수는 침착하게 말을 이었다.

"솔직히 말해서 대통령님이 말하시는 금액이라면 회사의 지분을 거의 5퍼센트는 드려야 하는데 아시겠지만 이 회사는 저의 개인회사이기도 하지만 러시아 마피아가 개입이 되어 있는 회사이기도 합니다. 그런 회사에 정부의 돈을 투자하시는 것보다는 다른 곳에 투자를 하시는 것을 권하고 싶습니다."

상수는 솔직히 정부의 자금을 투자받고 싶은 마음이 없었다.

개인적인 투자라면 모를까 정부의 자금을 받으면 부담이 가기 때문이었다.

그리고 한편으로는 다른 생각도 있었다.

앞으로 회사는 상수의 예상을 벗어나 세계적인 그런 회사로 성장을 할 수 있는데 저런 작은 금액에 연연하고 싶지가 않아서였다.

상수가 마음만 먹으면 저런 정도의 자금은 충분히 구할수가 있다는 자신감이 있어서였다.

대통령은 상수가 투자를 거부하려는 의도가 짐작 가지않았다.

하지만 저렇게 말하는 것을 보니 무언가 다른 것이 있다는 생각이 들었다.

"우리 정부의 자금을 거절하는 이유가 무엇인가?"

"제가 돈이 부족하지도 않는데 투자를 받을 이유가 없어서입니다. 그리고 지금 말씀하신 자금 정도는 솔직히 당장에라도 구할 수가 있기도 하고 말입니다. 물론 지분을 주지 않고 구할 수가 있다는 이야기입니다."

상수의 대답에 대통령은 속으로 놀라고 있었다.

자신이 지금 투자를 하려는 자금도 정부가 그동안 힘들게 모은 자금이었다.

그런데 상수는 개인적으로 그런 자금은 얼마든지 마련을 할 수가 있다는 이야기를 하고 있었다.

그러면서 대통령은 자신이 생각하는 이상으로 상수의 배포가 크다는 것을 알게 되었다.

또한 상수가 자금 때문에 사업이 어렵게 되는 일은 없을 것이라는 생각이 들었다.

저런 회사라면 투자를 하는 것이 오히려 나중을 위해서는 더 좋은 일이라는 생각이 강하게 드는 대통령이었다.

"솔직하게 지금 나라가 조금 어렵네. 자네가 한국인이면 이럴 때 도움을 주면 안 되겠나?"

처음에는 투자라고 하더니 이제는 부탁을 하는 것으로 바뀌고 있었다.

상수는 그런 대통령의 입장을 생각하니 조금 마음이 불편했다.

물론 자신은 한국인이다.

그리고 지금 한국의 사정이 그다지 좋지 않다는 것도 인지하고 있었다.

하지만 그렇게 나라를 위해 고생을 한 인물들치고 나중

에 잘되는 사람은 없었다.

　적어도 상수의 기억상으로는 말이다.

　상수로서도 대통령을 보며 고민을 하지 않을 수가 없었
다.

제8장 한국 정부의 지원을 받다

상수는 결국 대통령의 간곡한 부탁을 거절하지 못하고 코리아 시티의 지분 중에 5퍼센트를 주기로 하고 자금을 지원을 받게 되었다.

당장 사용할 곳도 없는 그런 자금을 말이다.

그리고 자신이 이번 공사를 마치고 가지고 있는 지분에 대해 대통령에게는 모두 말해주었다.

유전에 대한 지분은 60퍼센트를 가지고 있다고 말이다.

그리고 유전의 추정량이 일억 배럴이나 되기 때문에 그 값으로만 따져도 백이십억 달러나 되는 엄청난 돈이었다.

그런 유전의 지분을 60퍼센트나 가지고 있으니 코리아 시티는 엄청난 자금을 보유하는 그런 회사라는 말이었다.

대통령은 상수의 말을 들으면서 자신이 투자를 잘 결정하였다는 생각을 하게 되었다.

그리고 가스에 대한 지분도 알려주었다. 상수가 가지고 있는 지분은 20퍼센트였는데 문제는 그 지분이 중요한 것이 아니었다. 가스를 중국과 한국에 판매를 하면 얼마나 많은 자금을 벌어들일지는 지금 당장 계산이 나오지 않았다.

한국의 경우에만 해도 한 해 가스 소모비가 엄청났지만 러시아에서 나는 천연가스라면 한국과 중국에 공급을 하고도 남을 정도로 많은 양을 보유하고 있기 때문에 가스는 앞으로도 적자가 날 일이 없다.

러시아에서 직접 공수하기 때문에 가격적인 면에서도 충분히 시장성이 있었다.

아마도 이번 공사를 마치고 나면 가스 시장은 코리아 시티가 거의 독점적으로 이끌어 나갈 것이 예상이 되었다.

물론 정부가 일부 가격적인 면에서 개입을 하여 어느 정도는 기업들이 살아날 수 있도록 하겠지만 코리아 시티의 발전을 막을 수는 없는 일이었다.

50억 불의 금액으로 5퍼센트의 지분을 얻은 대통령이 만족할 정도로, 이제 코리아 시티는 엄청난 곳이 되었다.

그리고 충분히 이득이 남을 것이고 그로 인해 얻어지는 부분이 더 많아 보였다.

"정 사장이 그런 지분을 가지고 있는지는 몰랐는데 이거 내가 고집을 부려 지분을 갈취한 기분이 들어서 미안하네."

"사실 대통령님이 아니었으면 절대 양보를 하지 않았을 겁니다. 그래도 나라를 생각하시는 마음이 있으시니 제가 크게 양보를 한 겁니다. 이 점은 생각해 주십시오."

상수의 말대로 정말 상수가 크게 마음을 먹고 양보를 하였다는 것을 대통령도 인정하지 않을 수 없었다.

코리아 시티의 입장에서는 지금 정부에서 투자하는 50억 불이라는 돈이 필요하지 않았다. 돈이야 있으면 좋겠지만 지금 상태에서는 상수가 가지고 있는 자본만으로도 충분히 커나갈 수가 있는 업체였기 때문이었다.

이 부분은 대통령도 인정을 하는 부분이었다.

"이번에는 내가 자네에게 부탁을 하였으니 다음에는 자네 부탁 하나를 들어주는 것으로 하지. 어떤가?"

대한민국 사회에서 대통령이 들어주는 부탁이라면 이

보다 더 좋은 빽이 있을 수 없다.

이는 상당히 좋은 것이 많다는 것을 상수도 알고 있었다.

만약에 대통령 임기가 끝난다고 해도 그 정치적인 영향력이 어디 가는 것은 아니기 때문에 상수의 입장에서는 나쁠 게 없었다.

"그렇게 말씀을 하시니 저도 더 이상은 이 문제를 가지고 거론하지는 않겠습니다."

상수의 대답에 대통령은 쓴웃음을 짓고 말았다.

상수는 그렇게 대통령과 대화를 마치게 되었다.

그리고 돌아가는 길에 만난 비서실장은 처음 상수를 봤을 때와는 그를 보는 시선이 달라져 있었다.

처음에는 그냥 일반 사업을 하는 사업체의 사장으로 생각을 했는데 이제는 거물 중에 거물이 되어 있는 것을 확인하였기 때문이었다.

가스만 해도 중국의 정치인과 연관이 되기 때문에 나중에 한국의 입장에서도 도움을 받을 수가 있었기 때문이었다.

상수는 청와대를 나와 사무실로 돌아가려고 하는데 전화가 왔다.

드드드.

"여보세요?"

ー사장님, 중국에서 임 대인이라는 분이 찾아오셨습니다.

"임 대인? 난 임 대인이 누구인지도 모르는데 무슨 일로 왔다고 합니까?"

상수는 임 대인이라는 낯선 사람이 자신을 찾아왔다기에 하는 말이었다.

ー이번 공사에서 가스 문제 때문에 중국 정부를 대변하기 위해 왔다고 합니다.

"지금 사무실로 가고 있으니 기다리라고 하세요. 그게 싫으면 내일 약속을 잡아서 오라고 하세요. 도대체 약속도 하지 않고. 경우가 없는 사람들이네요."

상수의 짜증이 담긴 음성에 비서는 조금 긴장을 하였다.

자신은 중국 정부를 대변하는 이라고 하여 연락을 하였지만 상수는 그런 것에는 신경을 쓰지 않는 것 같아서였다.

ー그렇게 전하겠습니다. 사장님.

상수는 그렇게 전화를 끊고는 바로 사무실로 갔다.

상수가 사무실에 도착을 하니 아직도 중국의 인물들은 가지 않고 그를 기다리고 있었다.

중국 정부를 대변하기 위해 왔다는 말은 들었지만 자신이 중국 정부와는 아무런 사이도 아니었기에 자신이 숙일 필요는 없었다.

때문에 상수는 당당하게 나가기로 했다.

"코리아 시티의 정상수입니다. 무슨 일로 이렇게 저를 찾으셨습니까?"

"이렇게 갑자기 찾아와 죄송합니다. 저는 임청하라고 합니다. 오늘 제가 코리아 시티를 방문하게 된 이유는 바로 가스배관로 때문입니다."

임청하는 상수의 당당한 태도 때문이 아니라 이번에는 부탁을 하러 온 것이기 때문에 최대한 정중하게 말을 하고 있었다.

"배관로요? 배관로에 대해서는 중국과 이야기를 한 것이 없는데 무슨 소리입니까?"

아직 배관로에 대해서는 아무것도 정해진 바가 없는데 중국에서 먼저 선수를 치고 있어 하는 말이었다.

"이번 공사에서 가장 중요한 것이 배관로라고 알고 있습니다. 우리 중국은 그 배관로가 중국을 경유하여 가기를 원하고 있습니다."

임 대인의 이 말은 중국도 러시아의 천연가스를 원하고 있다는 뜻이었다.

러시아의 천연가스를 직접 받을 수 있다면 이는 엄청난 국가적 이득이었기 때문이었다.

그리고 중국은 공산주의 국가라 주요 공공기관은 다 정부가 직접 관리를 하고 있었다. 때문에 이번 배관로에 관한 건에서도 개인 업체가 아닌 정부에서 사람을 뽑아 한국으로 보낸 것이었다.

"중국에서 배관로를 경유하게 해달라고 하면 해야 하는 겁니까?

"……."

상수의 조금은 삐딱한 말에 임 대인은 자신이 무슨 실수를 저지르지는 않았는지 생각했다.

하지만 아무런 실수나 잘못이 있을 리가 없었다.

단지 상수의 마음이 삐딱한 지금 이 시기에 찾아온 게 잘못되었을 뿐이다.

물론 임 대인으로서는 절대 모를 이유다.

"이번 배관로는 러시아 쪽과도 상의를 해야 하고 저도 아직 여러 가지로 복잡하니 나중에 이야기를 하지요."

상수가 배관로 건에 대해서 이야기를 꺼려하자 임청하는 마음이 급해지기 시작했다.

"배관로를 우리 쪽으로 경유하게 해주시면 그에 대한 충분한 보상을 해드리겠습니다. 사장님."

중국 정부는 이번 러시아의 공사를 상수가 총괄적으로 한다는 사실을 이미 알고 임청하를 한국에 파견한 것이었다.

게다가 그뿐만이 아니라 상수가 러시아 마피아의 총보스의 의동생이 되었다는 사실까지 알고 있었다.

러시아와 중국은 오래전부터 국경선 분쟁에서부터 같은 공산주의 국가라는 점 등 때문에 사이가 좋지 않은 상황이다.

그렇게 때문에 두 국가 사이의 정보전이 치열했다.

때문에 그 어떤 나라보다도 빨리 상수에 관한 정보를 입수했던 것이다.

그래서 임청하가 한국에 들어오기까지 이번 배관로 관련 업무를 위해 많은 준비를 하고 있었다.

물론 거기에는 상당한 로비 자금도 준비를 하였고 말이다.

이는 장기적으로 이득이 된다고 판단을 하였기 때문이었다.

러시아의 가스는 앞으로도 백 년 이상은 사용할 수 있을 정도로 엄청난 양을 보유하고 있었기 때문이었다.

"보상이요?"

상수는 중국이 배관로를 자신들이 있는 곳으로 경유하

면 그에 대한 보상을 해주겠다는 말에 눈빛이 달라졌다.

상수는 이기적인 성품을 가지고 있었기 때문에 이익이 생기는 일에는 적극적으로 나서는 타입이었다.

"우리에게 보상을 해주겠다고 하였는데 얼마나 생각하고 있습니까?"

상수는 앞뒤를 재지 않고 그냥 바로 직구를 던졌다.

중국이 한 해 소모하는 가스의 양이 얼마나 되는지는 모르지만 러시아의 가스는 중국이 충분히 사용을 하고도 남을 정도로 많았다.

임청하는 상수가 직설적으로 묻자 잠시 정신을 차리지 못하였다.

원래 협상이라는 것은 직설적인 화법보다는 우회적인 화법을 사용하는 법인데, 상수는 전혀 그렇지 않으니 당황한 것이다.

그리고 지금 상수가 하는 말의 속뜻이 무엇인지 골몰했다.

'음. 보상을 달라는 건지… 말라는 건지…….'

잠시 머리를 굴리며 생각을 하다가 이내 정신을 차리고는 상수를 보며 말했다.

"우리는… 일억 불을 생각하고 있습니다."

상수는 중국이 한 해 소모하는 가스양을 생각해 보니

일억 불 가지고는 택도 없는 소리였다.

"중국이 한 해 소모하는 가스비가 얼마인지 알고 있습니까?"

갑자기 질문이 바뀌자 임청하는 바로 대답을 하지 못하고 있었다.

이는 자신도 알지 못하는 내용이었기 때문이었다.

상수는 임청하가 대답이 없자 자신이 먼저 입을 열었다.

"내가 알기로는 중국의 한 가정이 한 달에 소모하는 전기료나 가스비 등 공과금만 1,500위안 정도인 것으로 알고 있습니다. 그러면 중국에는 과연 얼마나 많은 가정이 있을까요? 아직도 계산이 안 나옵니까?"

중국인이 13억 인구라는 것은 세계가 아는 사실이었고 그 인구에서 4인 가족이라고 치면 대략 3억 35만 가구가 나왔다.

그러니 가스비만 따져도 어마어마한 금액이 바로 나오는 것이다.

임청하는 상수가 이미 그런 계산까지 하고 있을 줄은 생각도 못하고 있었는지 아무런 대답을 하지 못하고 있다.

"아직 답변이 없는 것을 보니 결정권이 없는 분으로 보이네요. 상부에 보고를 해서 다시 준비를 하고 오세요."

상수의 말에 임청하는 부끄러운 얼굴을 하고는 일어서게 되었다.

"죄송합니다. 제가 준비가 부족했던 모양입니다. 다시 찾아뵙겠습니다. 그때는 저 말고 다른 분이 오시게 될 겁니다."

임청하는 정중하게 인사를 하고는 돌아가게 되었다.

상수는 몰랐지만 중국에서는 이번 가스 공사에 상당한 관심을 가지고 있었다.

사실 중국에서는 이번 대형 배관로가 중국을 거쳐 가게 만드는 것으로 몇 가지 이득을 노리고 있었다.

먼저 하나는 저렴한 가스의 안정적인 공급이었고, 또 하나는 그러한 안정적인 공급을 바탕으로 정부가 주도되는 공기업을 설립하려고 하고 있었다.

상수는 그런 중국의 사정을 이미 파악을 하고 있었고 말이다.

"앞으로는 사전에 약속이 정해지지 않은 분은 바로 면담을 거절을 하세요. 우리가 무슨 구멍 가게도 아니고 약속도 없이 찾아오는 이를 모두 만날 수는 없으니 말입니다."

"죄송합니다. 사장님."

비서는 상수의 말에 머리를 숙여 자신의 잘못을 사과하였다.

기업체의 사장이지만 자신이 모시는 사장은 다른 기업체와는 다르게 상당한 힘을 가지고 있다는 사실을 잊고 있었다고 스스로를 자책하게 되었다.

'다음부터는 사전에 약속이 정해지지 않은 사람은 처음부터 거절해야겠어. 창피하게 이게 무슨 꼴이야.'

비서는 잘하려고 하였는데 이런 결과가 나왔기에 창피해서 얼굴을 붉히고 있었다.

상수는 사무실로 들어가면서 비서에게 지성을 부르게 하였다.

"김지성 이사를 방으로 오라고 하세요."

"예, 사장님."

상수가 방으로 들어가자 비서는 빠르게 지성에게 연락을 하여 사장님이 찾는다고 전해주었다.

지성은 요즘 매우 바빴는데 이는 중소기업들에 대한 문제 때문이었다.

상수가 대기업에 대한 부분은 직접 처리하고는 중소기업에 대한 건은 지성에게 알아서 처리를 하라고 일을 던져주었기 때문에 요즘 정신이 없었다.

지성은 상수가 찾는다는 소리에 빠르게 상수에게 갔다.

똑똑똑.

"들어오세요."

문이 열리면 지성이 들어왔다.

"찾으셨다고 들었습니다. 사장님."

지성도 회사에서는 상수에게 존대를 하고 있었다.

이는 리처드 부사장이 한 이야기가 있었기 때문이었다.

즉 지성이 상수를 대우해 주지 않으면 회사에 근무를 하는 다른 직원들도 상수를 무시할 수가 있다는 말 때문에 지성도 인정을 하고 그 후로는 상수에게 항상 정중하게 말을 하고 있었다.

"바쁘지?"

"중소기업 때문에 정신이 하나도 없습니다."

"우리 둘이 있을 때는 그냥 편하게 말을 하자."

"아닙니다. 여기는 회사이니 이게 편합니다."

상수는 그런 지성을 보니 조금은 미안한 생각이 들었다.

하지만 지성에게 나중에 그만한 보답을 하겠다고 속으로 자신을 달랬다.

'자식이. 나중에 보자. 나만 혼자 잘 살자고 하는 것이 아니니 말이다.'

상수는 친구인 지성과 리처드 부사장에게는 따로 말을

하지는 않았지만 회사의 주식을 줄 생각이었다.

코리아 시티의 성장 가능성을 볼 때 지금은 어떨지 몰라도 시간이 지나면 엄청난 돈으로 남을 그런 주식을 말이다.

"이번 공사도 공사지만 배관로 때문에 중국 정부에서 찾아왔었는데 어떻게 생각해?"

지성은 상수가 하는 말에 이미 그럴 것이라 예상을 하고 있었기에 차분하게 이야기를 하였다.

"아마도 중국만 그런 것이 아니라 일본에서도 사람이 올 거라 예상됩니다."

"일본도?"

"네, 당연합니다. 우리는 저들이 요구하는 것을 들어보고 조건이 마음에 들면 들어주면 된다고 생각합니다."

지성의 대답에 상수도 같은 생각을 하고 있었는지 고개를 끄덕이고 있었다.

사실상 공사를 하는 금액을 산출할 때 이미 중국을 경유해서 가는 것으로 설정하였던 금액이었기에 중국 정부와 타협을 하는 일은 그리 어려운 문제가 아니었다.

하지만 일본은 사정이 조금 달랐다.

일본까지는 따로 공사를 해야 하고 기존 설계도 바꿔야 했다.

때문에 상수가 생각해도 쉽게 결정을 할 수 있는 일이 아니었다.

그리고 설계 변경이 들어간다면 러시아 정부와도 이야기를 해야 했기 때문이다.

전권을 가지고 있다고는 하지만 상수가 가지고 있는 것은 이미 정해진 것에 대한 전권이지 새로 만들 수 있는 것은 아니었기 때문이다.

하지만 상수의 권한을 넘기는 하지만 일본까지 공사를 연장하는 게 불가능한 것만은 아니다.

전체 공사에서 공사비만 더 지불하면 되는 일이기 때문이다.

게다가 그렇게 되면 러시아 정부로서도 좋은 일이기에 특별한 문제가 없는 한 거절은 하지 않을 것으로 본다.

다만 문제는 일본은 해로를 이용해야 한다는 것이 문제였다.

하지만 그 정도는 기술력이 있는 선진국의 기업체들이 있으니 문제는 없을 것으로 보았다.

"그러면 일본까지 공사를 한다고 가정을 하고. 그에 대한 공사비를 뽑아서 보고를 해 줘. 일본 공사는 알고 있겠지만 해로를 이용해야 하니 견적이 그리 쉽지 않을 거야."

지성은 만약 일본이 원한다면 그에 대한 공사비를 준비

해야 하기 때문에 바로 대답을 하였다.

"알겠습니다. 바로 견적을 뽑고 준비해서 보고를 하겠습니다."

"지성아, 이번에 너희 집을 이사했으면 하는데 너는 어떻게 생각하냐?"

상수는 캐서린이 있는 아파트가 마음에 들어서 이번에 선물로 받은 아파트는 지성에게 줄 생각이었다.

리처드도 있지만 리처드는 이미 고급 아파트에 살고 있었기 때문에 지성에게 먼저 주려고 하는 것이다.

코리아 시티의 유일한 이사로 있는 지성이 살고 있는 집은 아직은 보통의 가정이 살고 있는 그런 단독이었는데 그도 자기 집이 아니라 전세였기 때문에 하는 소리였다.

"이사를 한다고? 어디로?"

지성은 상수가 이름을 부르지 자신도 모르게 반말을 하고 말았다.

"나한테 아파트가 생겼다. 이번에 공사를 하려고 나에게 준 선물이야. 제법 고급 아파트이니 니 앞으로 하고 이사를 하면 좋을 것 같아서 말이야."

지성은 아직은 자신의 신분에 익숙한 인물이 아니었기에 아파트를 준다고 하는 상수를 보고만 있었다.

아파트 한 채의 가격이라면 최소한 수억대라는 말이었

기 때문이다.

"평수는 43평이고 위치도 좋아 강남은 아니지만 바로 강 건너에 있는 곳이고 한강이 보이는 전망이 좋은 곳이라 살기에는 좋을 것 같은데 어떠냐?"

지성은 43평이라는 말에 속으로 상당히 놀라고 있었다.

전에 근무 하던 직장이라면 아마도 평생을 근무해도 살 수가 없는 그런 곳이었기 때문이다.

"내가 그런 곳에서 살아도 되는 거냐?"

지성이 진지한 얼굴을 하며 물었다.

"자식이, 친구를 위해 직장도 때려치우고 온 놈에게 그런 것 정도는 줘야지. 내일은 무리고 이번 주까지 등기를 하고 이사를 하자."

"……."

"이번 주 주말에 바로 이사를 하는 것으로 하자. 그리고 오늘 점심시간에 그 집에 가보자."

상수가 하는 말에 지성은 솔직히 감동을 받고 있었다.

친구인 상수의 말을 듣고 직장을 옮기기는 했지만 솔직히 처음에는 자신도 불안하기는 했다.

하지만 막상 일을 시작하면서는 불안이 아니라 이거는 엄청나게 성장을 할 수 있는 회사라는 생각이 들었고 이제는 이런 직장도 없다는 생각으로 최대한 열심히 일을 하고 있었다.

그리고 항상 자신에게 이런 기회를 준 상수에게 고마운 마음을 가지고 있었는데 그런 자신에게 상수는 더욱 큰 선물을 주고 있었기 때문이었다.

"그렇게 하자. 그리고 고맙다. 덕분에 집에 가서 큰소리 좀 칠 수가 있을 것 같다."

지성은 가족들과 살면서 항상 좋은 곳으로 이사를 가려고 하였지만 자신의 벌이로는 쉽지 않아 걱정을 하고 있었기 때문이다.

그리고 지성이 최근에 만나고 있는 여성이 있었는데 아직도 집에 인사를 가지 못하는 이유 중에 하나가 바로 집이 그리 좋지가 않아서였다.

직장은 좋은데 집이 그러면 여자들은 다르게 생각할지도 모른다는 말을 들어서 아직 집에는 인사를 가지 않고 있었다.

물론 자격지심이다.

하지만 그런 자신의 행동이 가족들에게는 미안했고 지성 역시도 마음이 불편했었다.

그런데 이제는 그러지 않아도 된다는 생각이 들었기에 얼굴이 아주 편안해지고 있었다.

"자식이 그런 소리는 하지 말고 이사를 가면 어머니에

게 집들이는 거하게 하라고 해라. 인사나 드리러 가게."

"알았다. 그렇게 할게."

지성은 지금 너무도 행복한 얼굴을 하고 있었는데 본인은 그런 것을 느끼지 못하는 것 같았다.

점심시간.

상수가 지성을 데리고 이야기를 했던 아파트가 있는 곳으로 갔다.

위치는 서부 이촌동에 있는 아파트였는데 위치도 좋았고 주변에도 깨끗해서 전망이 좋은 집이었다.

"어떠냐? 이 정도면 여자에게 보여도 문제가 없지 않냐?"

"너 알고 있었냐?"

"그럼, 자식아 친구가 애인이 생겼는데 내가 모를 것이라 생각한 거는 아니지?"

상수는 지성이 아가씨를 만나고 있다는 사실을 알고 있었는데 그 이유는 바로 지성에게도 경호원이 한 명 배치가되어 있어서였다.

경호원은 지성이 출근을 하고 퇴근을 할때는 빼고는 거의 거리를 두고 지성을 보호하기 위해 따라다니고 있었기때문에 지성이 아가씨를 만나고 있다는 것을 상수가 알게 되었다.

지성은 상수가 자신이 애인이 생겼다는 사실을 알고는 이런 선물을 주려고 한다고 생각이 들자 고마운 마음에 상수를 새롭게 보게 되었다.

"고맙다. 이런 집이라면 적지 않은 돈이 들어갔을 것 같은데 말이다."

"내가 이야기했잖아. 선물 받은 거라고. 나 돈 들인 거 아니다."

상수는 아무렇지도 않게 말하지만 받는 지성은 그렇지 않았다.

아무리 공짜로 생긴 거라고 말하지만 누가 직원에게 이런 집을 떡하니 주겠는가.

"우리 코리아 시티의 이사로 제직을 하는 놈이 고작 이런 아파트 한 채 가지고 그러면 곤란하지. 이제 말을 하지만 너하고 리처드 부사장에게는 회사의 주식을 조금 주려고 하고 있다. 어제 내가 대통령을 만나고 온 일은 알고 있지?"

"그래 알고 있지. 솔직히 그래서 부럽기도 했다."

"대통령이 우리 회사에 투자를 하기로 했는데 그 금액이 오십억 불이다. 그런데 조건이 바로 주식이었는데 내가 5퍼센트의 주식을 주기로 했다. 그런 주식을 너와 리처드 부사장에게 주려고 하니 너는 더 이상은 돈 때문에 고민을 하지 않아도 된다. 내가 리처드와 너에게는 천 주씩 주식을 주려고 한다. 아마도 주당 가격이 백만 원은 넘을 것이니 기대해도 좋을 거다."

상수가 하는 소리를 들은 지성은 만 주면 그냥 계산을 해도 10억이라는 거금이었기에 순간 놀라서 말을 잃고 말았다.

집도 생기고 10억이라는 거금이 생기는 일이 발생할 것이라고는 생각지도 못했기 때문이다.

지금 사실 근무를 하고 있는 코리아 시티에서 주는 월급만 해도 대기업에 비해 적지 않은 돈이었기에 항상 고맙게 생각하고 있었다.

그런데 이제는 그런 것이 중요한 것이 아니었기 때문이다.

"고맙다. 내가 할 수 있는 말은 그것뿐이네. 그리고 회사를 위해 정말 최선을 다하도록 할게."

"그래, 그 말이 나에게는 가장 듣고 싶은 말이었다. 그동안 고생이 많았는데 그에 대한 보상이라고 생각해라. 여기 집은 어떠냐?"

"응, 너무 좋다. 이 집으로 이사를 온다고 하면 가족들도 아마 놀랄 거야."

"하하하, 어머니의 놀란 얼굴이 보고 싶어지네. 아무튼 집들이는 초대를 해라. 캐서린과 함께 올게."

"아참, 캐서린과는 어떻게 되는 사이냐? 결혼을 하는 거야?"

상수는 지성의 질문에 바로 고개를 끄덕였다.

"그렇게 하려고. 캐서린은 내가 미국에 있을 때 진심으로 나를 많이 챙겨주었던 여자이니 이제는 내가 챙겨야지. 나중에 한국어를 배우고 나면 우리 회사에 근무를 하게 될 거다. 우선은 그렇게 하면서 한국을 배우다가 결혼을 할 생각이다."

상수의 말을 들으니 이제 캐서린은 그냥 외국인이 아니라 친구의 아내가 될 사람이라는 것을 알게 되었다.

그렇게 되면 앞으로 대하는 것이 달라질 수밖에 없었지만 말이다.

"그래, 결혼을 한다고 하니 잘되었다. 아무튼 집들이는 거하게 준비를 할 생각이다. 그래서 우리 부서의 직원들도 초대를 할 생각이다."

"그래, 그렇게 해라. 나도 오랜만에 어머니 솜씨를 구경하고 말이다."

상수는 그렇게 아파트를 지성에게 넘겨주었다.

지성이 하고 있는 일을 생각하면 이 정도를 주어도 아

깎지 않기 때문이다.

아직 공사를 시작하는 입장이기 때문에 월급을 그냥 대기업의 수준에 맞추어 주고 있지만 시간이 지나면 코리아 시티에 근무를 한다는 것에 자부심을 느낄 수 있도록 더욱 좋은 조건을 만들어 주려고 하는 상수였다.

그만큼 근무를 하는 여건을 조성해 주고 직원들이 일을 할 수 있도록 하려는 것이다.

물론 코리아 시티는 앞으로 더욱 많은 발전을 하게 될 것이고 말이다.

제9장 안달이 난 일본

상수는 지금 일본의 한 인물을 만나고 있었다.

미쓰비시 건설사의 인물이라고 하는 사람이었는데 가스 문제 때문에 약속을 하여 지금 만나고 있었다.

"안녕하십니까? 정상수 사장님."

"반갑습니다."

"제가 뵙자고 한 이유는 우리 건설사도 이번 공사에 참여를 하고 싶다는 의사를 전하는 것 하고, 다른 한 가지는 가스를 우리 일본에까지 연결을 해주었으면 하는 것 때문입니다."

"지금 이번 공사의 마지막 지점이 한국이라는 사실을 아시고 오신 겁니까?"

"예, 알고 있습니다. 하지만 우리 일본에도 러시아에서 생산되는 천연가스가 필요하기 때문에 부탁을 드리기 위해 오게 되었습니다."

"흠… 연결을 원하는 것은 일본 정부의 뜻인가요?"

공사를 하는 것이 중요한 것이 아니다.

아무래도 판매까지 하려면 일본 정부가 허락을 해야 했기 때문에 하는 소리였다.

"판매는 걱정을 하지 않으셔도 됩니다. 우리는 이미 그에 대한 준비를 하였고 정부의 허가도 받아두었습니다."

상수는 일본이 이미 많은 준비를 하고 자신을 찾아온 것을 알았다.

"그러면 일본까지 공사를 연장을 해야 하는데 그 경비가 만만치 않습니다."

"저희도 알고 있습니다. 그래서 일본에 판매를 하는 가스의 지분을 주시겠다면 일본까지 하는 공사는 전적으로 저희가 하겠습니다."

'오, 치밀한데.'

상수는 일본이 그렇게까지 준비를 하고 있다는 사실에 놀라지 않을 수가 없었다.

자신들이 직접 공사를 하겠다고 하면 달라붙을 것이라고는 생각지 못했기 때문이었다.

"일본이 공사를 직접 하겠다면 지분을 얼마나 생각하고 계시는 겁니까?"

"저희는 많은 지분을 달라는 것은 아닙니다. 앞으로 이십 년 동안 계약을 하는 조건으로 이십오 퍼센트의 지분을 받기를 원합니다."

'이십오 퍼센트라…….'

상수는 순간적으로 계산을 하게 되었다.

일본은 일억이 넘는 인구를 가지고 있고, 특히 개인주의 성향이 강해 혼자 살고 있는 이가 많은 나라였기에 그들이 사용하는 가스도 만만치 않았다.

그만큼 많은 가스를 사용하기 때문에 20년의 시간 동안 버는 금액에서 25퍼센트라면 이거는 실로 엄청난 금액이었다.

이는 공사비를 빼고는 이들이 그냥 날로 먹겠다는 소리로 들리는 상수였다.

"지금 저하고 장난치려고 오셨습니까? 이십오 퍼센트면 실질적인 가치로 따지면 얼마가 되는지 알고 그런 이야기를 하는 겁니까?"

상수가 따지듯이 화를 내자 남자는 조금 당황하였는지

급하게 말을 이었다.

"제가 실수를 한 것이 있다면 사과를 드리겠습니다. 오늘은 저희가 생각하고 있는 것을 말해 드리기 위해 여기에 온 것이니 오해는 없었으면 합니다."

"그러면 이번 협상에 권한이 없다는 말입니까?"

"예, 저에게는 권한이 없습니다. 단지 저희가 이런 생각을 하고 있으니 말씀을 먼저 드리고 협상을 하는 것이 정상이라고 생각하여 오게 된 겁니다."

상수는 자신이 괜히 화를 냈다는 생각이 들었다.

남자는 건설사의 대리인이 아닌 그냥 말을 전하기 위해 온 인물이었기 때문이었다.

어차피 일본에 가스를 공급하게 되면 일본에도 별도의 법인을 설립해야 하는데 그 법인의 지분에 대한 협상은 서로가 타협을 해야 했다.

"그러면 그 협상자는 어디에 있습니까? 제가 시간이 없습니다. 이렇게 시간을 낸 이유는 일본이 송유관을 설치하기를 바란다고 해서 나온 것인데 말입니다."

"오늘 입국을 한다고 알고 있습니다."

상수는 일본의 남자를 보며 이들이 참 성의가 없다는 생각이 들었다.

자신을 만나기 위해 왔다고는 하지만 상수가 보기에는

아직도 이들은 한국인이라는 이유로 자신을 무시하는 것처럼 보였기 때문이다.

하기는 중국에서 온 놈도 마찬가지였지만 말이다.

나라가 힘이 없으니 이런 일을 당하고 있다는 생각이 들자 상수는 조금 기분이 상했다.

'너희가 그렇게 나온다면 내가 아주 확실하게 바가지를 씌워 주도록 하지.'

상수는 내심 그렇게 결정을 하고 있었다.

"그러면 전권을 가진 분을 만나야 결정을 할 수가 있으니 연락을 해주세요. 연락이 없으면 하지 않는 것으로 생각하고 있겠습니다."

상수는 딱 부러지게 그리 말을 하고는 자리에서 일어났다.

더 이상 여기서 시간을 허비할 수는 없는 일이었기 때문이다.

남자는 상수의 행동을 보고는 눈빛이 차갑게 변하고 있었다.

*   *   *

상수와 만남을 가졌던 남자는 지금 자신과 비슷한 연배

의 남자 앞에서 정중하게 인사를 하고 있었다.

"어서 오십시오. 나까무라 님."

"그래, 가서 그자를 만나 보았나?"

"예, 만나보았는데 조금 힘든 상대 같았습니다."

"흠, 말이 통하지 않는 것이냐?"

"그렇지는 않았습니다. 하지만 저희가 원하는 방향으로 진행을 하기에는 조금 문제가 있을 것 같습니다."

남자가 하는 말을 들은 나까무라는 조금 고민이 되는 얼굴을 하였다.

이번 일은 일본에도 중요한 일이었기 때문이었다.

그렇다고 상대를 협박할 수 있는 위치도 아니었기에 심각한 얼굴을 하게 되었다.

"그자가 원하는 것이 있는 것 같던가?"

"아직 정확하게는 모르겠지만 정보에 의하면 한국 기업들에게 상당한 자금을 받은 것으로 알고 있습니다."

"그렇다면 돈을 원하는 것이라는 말이냐?"

"제가 보기에는 어느 정도의 돈을 주면 설득이 가능할 것 같습니다."

나까무라는 그 말에 입가에 미소를 지었다.

까다롭다고 해서 잠시 걱정을 했는데 돈을 주면 해결이 된다고 하니 크게 문제가 없었기 때문이었다.

그리고 장기적으로 이번 공사에 가장 중요한 것이 바로 일본에 설립이 될 회사의 지분 문제였다.

"그렇다면 일본에 세워질 회사의 지분도 충분히 확보를 할 수가 있을 것 같군그래."

돈을 원하는 것이라면 상대가 원하는 만큼 줄 수도 있었기 때문에 하는 소리였다.

그리고 상대가 돈을 밝히는 인물이라면 자신들이 대하기가 더욱 편하기 때문이기도 했다.

"아마도 상대에게 적당하게 돈을 주면 그것도 가능할 것 같습니다."

"상부에서 원하는 지분이 절반인데 잘 만하면 그 이상도 가능하다는 이야기인가?"

"그것은 아니고 절반은 가능할 것 같습니다. 제가 처음에 25퍼센트의 지분을 말하니 놀라는 모습을 보여주었지만 무언가 바라는 게 있는 얼굴이었습니다."

"그렇다는 말이지……."

"네. 맞습니다. 결국 원하는 것은 돈이라는 생각이 들었습니다. 적당하게 기름칠을 하면 아마도 크게 어렵지는 않을 것 같습니다."

"흠… 그럼 절반의 지분을 요구하려면 얼마나 주면 될 것 같은가?"

절반이면 추후 벌어들이는 자금을 생각하면 실로 엄청난 금액이었다.

일본은 항상 장기적으로 보고 일을 추진하고 있었기 때문에 당장에 들어가는 자금에 연연하지 않고 있었다.

아마도 그런 것들이 이들이 발전을 하게 만드는 계기가 되고 있는 모양이었다.

"제가 생각하기로는 적지 않은 금액을 요구할 것 같습니다."

"아무래도 그렇겠지?"

"네. 나까무리 님. 우선 상대가 욕심이 많아 보였기 때문에 최소한 한국 돈으로 천억은 생각하셔야 할 것 같습니다."

나까무라의 앞에 있는 남자는 가네마라는 자로 상당한 로비스트로 이름이 알려져 있는 인물이었다.

나까무라는 천억이라는 돈에 놀라지도 않은 얼굴을 하며 나름 속으로 계산기를 두들기고 있었다.

"그 정도로 절반의 지분을 줄까?"

천억이 엄청난 돈이기는 하지만 공사의 규모나 성장 가능성이 있기 때문에 나까무라는 한국 돈으로 최소 오천억은 생각하고 있었다.

이미 본국에서 출발을 할 때 그 정도의 자금을 지원해

주겠다는 이야기를 들었고 만약에 절반의 지분을 받을 수가 있다면 그 이상도 가능하다는 확답을 받아 왔기에 자금에 대해서는 그리 걱정을 하지 않았다.

"제 개인적인 생각으로는 절반의 지분과 그자에게 공사는 우리 일본이 하겠다고 하면 가능할 것으로 보입니다."

가네마가 하는 말을 들으면서 나까무라는 내심 가능할지도 모른다는 생각을 하게 되었다.

"그자와는 언제 만나기로 하였나?"

"내일 연락을 하고 약속을 잡기로 하였습니다."

"내일 만나 그자가 원하는 것을 들어주고 우리는 지분을 얻는 방향으로 가야겠다. 본국에서는 최대한 많은 지분을 원하고 있으니 말이다."

나까무라는 자금에 걱정이 없으니 이번에 지분을 최대한 많이 얻어 자신이 본국에 신임을 얻을 생각을 하고 있었다.

"알겠습니다. 그러면 제가 오늘 연락을 하여 선약을 잡겠습니다. 나까무라 님."

"그렇게 하도록 하라. 이번이 우리에게는 기회가 될 수도 있으니 절대 실수는 없어야 할 것이다."

사실 가네마는 모르지만 나까무라는 이번 지분의 문제만 마치면 상수에게 조직에서 다른 짓을 한다는 이야기를 들었기 때문에 최대한 이번 지분의 문제는 조용히 해결을 하려고 하였다.

자신의 일이 먼저였기 때문이다.

자신이 일을 마치고 무슨 짓을 하여도 자신과는 상관이 없으니 문제는 없었기 때문이었다.

"알겠습니다. 나까무라 님."

가네마는 그렇게 대답을 하고는 나갔다.

이제 상수에게 연락을 하여 내일 만날 약속을 잡으면 되기 때문이었다.

어차피 자신이 해야 할 로비는 없었고 결국은 나까무라가 알아서 해야 하는 일이기 때문에 크게 해야 하는 일은 없었다.

상수는 가네마에게 연락을 받고 있었다.

ㅡ정 사장님. 오늘 저희 쪽 결정권을 가지신 분이 도착을 하였습니다. 그래서 내일 시간을 정했으면 해서 이렇게 연락을 드렸습니다.

상수는 내일 만나자고 하는 말에 잠시 생각을 하게 되었다.

내일은 별다른 스케줄이 없다는 것이 생각나자 상수도 기분 좋게 대답을 해주었다.

"그러면 내일 저녁에 만나기로 하지요. 어떻습니까?"

―알겠습니다. 장소는 정 사장님이 정하시겠습니까? 아니면 저희가 장소를 섭외하고 연락을 드리겠습니다.

한국에서 일본인이 장소를 섭외하면 어떤 곳일지가 궁금해진 상수는 바로 말해주었다.

"장소는 그쪽에서 정하세요. 연락을 주시면 바로 가겠습니다."

―그러면 제가 시간과 장소를 알아보고 다시 연락을 드리겠습니다.

상수는 그렇게 말을 하고는 전화를 끊었다.

상대가 장소를 섭외한다고 했으니 자신이 해야 할 일은 없었기 때문이었다.

일본의 공사는 자신들이 한다고 했으니 문제가 없었지만 문제는 공사를 일본 업체만 참가를 하게 할 수는 없는 일이었다.

저들의 기술력이 뛰어난 것은 사실이었지만 그렇다고 단독으로 공사를 하게 할 수는 없는 일이었다.

이번 해외 업체들 중에 일본 기업도 포함이 되어 있어 일본의 공사는 리처드가 선택한 기업체에게 주기 위해서였다.

그리고 일본에 새롭게 세워질 회사의 지분 문제도 최대

한 자신은 적게 주려고 하고 있었다.

"일본까지 가스를 설치하면 아마도 일본도 엄청난 이득이 생기는 일이니 지금은 나에게 저러고 있지만 지분이 많아지면 아마도 반드시 골치 아픈 일이 생길 거야."

일본인에 대한 좋지 않은 감정을 가지고 있는 상수였기에 최대한 저들에게는 지분을 적게 주려고 하고 있었다.

그렇게 해야 나중에 회사를 운영하는 문제도 순조롭게되기 때문이었다.

코리아 시티는 러시아의 기업체이기는 하지만 벌써 다국적인 기업으로 자리를 잡아 가고 있는 중이었다.

우선 한국에 법인이 차려졌고, 또 앞으로 중국과 일본에현지법인을 만들어야 하기 때문이었다.

게다가 상수는 지금 러시아에 있는 본사도 시간이 지나면 미국으로 본사를 옮길 생각도 가지고 있었다.

솔직히 미국이 시장은 가장 크기 때문이었다.

그리고 사업을 하는 일에 많은 자금이 들어가기 때문에은행을 이용하려면 미국에 본사를 두는 것이 유리하기는했다.

작게 하는 사업이라면 몰라도 상수는 절대 작게 하고싶은 생각은 없었기 때문이다.

이렇게 상수의 일은 순조롭게 진행이 되고 있었다.

한편 그런 상수에 대한 보고를 받고 있는 인물이 있었
는데 바로 카베인의 회장과 부회장이었다.

"부회장님. 지금 정상수 사장은 러시아에서 공사를 따
서 회사를 차려 공사를 주기 위해 한국에 지사를 설립하였
다고 합니다. 리처드도 그 회사에 부사장으로 가 있다고
합니다."

"허, 그 친구는 회사를 그만두고는 아주 잘나가는 모양
이네."

"예, 이번 러시아 공사 규모가 워낙 크다 보니 그렇습니
다."

"하긴 우리도 노리고 있었으니 말이야."

"네. 게다가 전권을 가지고 있으니 기업들이 공사를 따
내기 위해서는 무조건 정상수 사장에게 잘 보여야 하니 일
이 순조로워 보입니다. 게다가 이번 건은 러시아 정부에
서도 각별히 신경을 쓰고 있는 공사라고 합니다."

가스를 다른 나라로 수출을 하는 공사였기에 러시아 정
부가 개입을 하지 않을 수가 없는 일이었다.

하지만 상수는 그런 공사를 총괄적으로 하고 있으니 그

에 대한 이득도 상당하다는 것을 부회장은 모르지 않았
다.

"그 친구는 아까운 인재였는데 말이야. 다시 데리고 올
수 있는 방법이 없을까?"

부회장은 상수의 능력이 아까워서 하는 말이었다.

그런 인재가 자신의 밑에 있으면 정말 많은 도움이 될
것이기 때문이었다.

이번 카자흐스탄의 공사만 해도 그렇다.

뒤늦게나마 상수가 혼자 정리를 하였다는 것을 알기에
부회장의 입장에서는 그런 인재가 필요했다.

"솔직히 저는 자신이 없습니다. 자신이 싫어서 회사를
그만두었는데 저희가 다시 찾아가서 그런 이야기를 하는
것도 이상하지 않겠습니까? 그리고 지금 하고 있는 일을
생각했을 때 이미 시기가 늦었다고 생각합니다."

"흠, 그렇겠지. 결국 그 친구는 포기를 해야 한다는 말
이군그래?"

"예, 이미 회장 라인에서도 포기를 했다고 합니다."

부회장이 그렇게 상수에 대한 이야기를 하고 있을 때
카베인의 회장인 피터슨도 같은 보고를 받고 있었다.

"회장님, 정 이사는 러시아에 본사를 가진 코리아 시티
라는 회사를 설립하여 한국에 지사를 내고 있다고 합니

다. 여기 그에 관한 내용들입니다."

피터슨은 상수가 자신을 배신하고 나간 것으로 생각하고 있어 상수가 나가서 잘되기를 바라지 않았다.

자신이 상수에게 해준 것들이 일반적인 것이 아니었기 때문에 그만한 혜택을 받았으면 자신에게 충성을 받쳐야 했는데 그러지 않고 따로 회사를 차려 나가버렸기 때문에 지금도 그리 좋은 기분은 아니었다.

"러시아의 가스와 유전에 대한 공사를 시작한다는 말인가?"

"그렇습니다. 러시아 정부에서도 어느 정도는 지분을 인정해 주고 있다고 합니다."

"호……!"

피터슨은 러시아 정부가 지분을 인정했다는 말에 조금은 놀란 얼굴을 하였다.

러시아의 천연가스는 엄청나게 많았기 때문에 지분을 받았다면 이는 평생 죽을 때까지 먹고사는 일은 걱정이 없다는 이야기였기 때문이었다.

그리고 자신이 그런 공사를 방해할 수는 없는 일이었고 말이다.

이는 아무리 러시아가 지금 경제적으로 좋지 않다고 하지만 그래도 과거 미국과 같이 군사적으로 강대국이었고 그 힘을 무시할 수는 없었기 때문이다.

개인과 나라가 싸워 이길 수는 없는 일이었기 때문이다.

"그래, 우리 회사를 떠나 아주 잘나간다는 말이네?"

"솔직히 그렇습니다. 이번 공사에 여러 나라의 건설업체들이 공사를 하게 될 겁니다. 지금 리처드가 그 회사의 부사장으로 있으면서 해외 업체들을 만나고 있다고 합니다."

피터슨은 리처드가 부사장으로 있다고 하자 고개를 끄덕였다.

그만큼 리처드의 능력에 대해서도 인정을 하고 있었기 때문이었다.

리처드가 자신의 의견을 따라주었으면 아마도 한국 지사로 가는 일은 없었겠지만 리처드는 자신도 그렇고 부회장의 라인도 가지 않으려고 하였기 때문에 결국 한국 지사로 보내게 된 것이다.

그 덕분에 지금의 상수가 있었고 말이다.

"리처드 그 친구는 이제 자신이 하고 싶은 일을 아주 원없이 하고 있겠군그래?"

"예, 그렇다고 들었습니다. 회장님."

"좋아, 이번 공사는 우리가 개입할 수는 없겠지만 앞으로도 그 회사가 하는 일을 잘 주시하고 있다가 우리와 겹치는 일이 있을 때는 바로 보고를 하게."

"네, 알겠습니다, 회장님."

"회사를 그만두고 가는 것이야 본인이 정하는 것이지만 밖에서의 일은 다르니 말이야."

피터슨은 무슨 생각을 하고 있는지는 모르지만 상수가 이번 공사만 마치면 가만히 있지는 않을 것이라고 생각하고 있었다.

결국은 다른 일을 시작하게 될 것이고 피터슨은 그때 상수가 하는 일에 개입을 하려고 하는 것이다.

반드시 상수에게 자신이 느낀 감정을 그대로 전해주고 싶어서였다.

물론 그렇게 될지는 아무도 모르는 일이었고 말이다.

제10장 일본의 제안

상수는 지금 일본의 나까무라를 만나기 위해 약속 장소
로 움직이고 있었다.

한국식의 음식을 제공하는 한식집이었는데 제법 이름
이 있는 곳이었다.

상수는 차를 주차시키고 한식집으로 들어갔다.

"여기 나까무라라는 분의 이름으로 예약이 되어 있다고
들었습니다."

"아, 손님 제가 안내를 해드리겠습니다."

상수는 여자 종업원의 안내를 받으며 방으로 가게 되

었다.

안에는 이미 나까무라와 가네마가 상수를 기다리고 있었다.

상수가 들어오자 가네마가 먼저 인사를 하였다.

"어서 오십시오. 정 사장님."

"반갑습니다. 가네마 씨."

"여기는 이번 협상에 전권을 가지고 오신 나까무라 이사입니다."

나까무라는 이번에 한국으로 오면서 필요에 의해 이사라는 직책을 달고 오게 되었다.

"반갑습니다. 정상수라고 합니다."

"안녕하십니까. 나까무라라고 합니다."

셋은 그렇게 인사를 하고는 자리에 앉았다.

상수는 두 명의 남자를 보았지만 나까무라는 인상이 그리 좋지 않게 느껴지는 것이 회사에 속해 있는 인물이 아닌 것으로 보였다.

아마도 다른 어딘가에 속해 있지만 그냥 직책상 이사라고 부르고 있는 것으로 보였다.

"저희는 이번 가스 공사에 대단히 높은 관심을 가지고 있습니다. 이에 정 사장님을 만나 이야기를 하고 싶었습니다."

"이야기는 대강 들었습니다. 오늘 제가 여기에 온 이유는 아시고 계실 것이라 생각합니다."

"예, 들었습니다. 하지만 저희 일본에서는 이번에 공사를 하고 나서 세워지는 회사에 대한 지분에 더 많은 관심을 가지고 있습니다."

상수는 이들이 회사의 지분에 관심을 가지는 것에 충분히 이해는 갔다.

자신도 이들과 마찬가지로 그런 회사가 설립이 된다고 하면 신경을 쓰였을 것이기 때문이었다.

"네, 저 역시 그 부분에 대한 이야기를 본격적으로 하려고 온 겁니다. 먼저 일본의 입장을 듣고 싶군요."

상수가 본격적으로 대화를 하려고 하니 나까무라는 가네마를 보며 눈짓을 보냈다.

그러자 가네마는 고개를 끄덕이며 뒤에 두었던 가방을 꺼냈다.

"우선 그 이야기를 하시기 전에 저희가 준비한 성의입니다. 정 사장님."

상수는 상대가 주는 가방을 보며 눈빛을 빛냈다.

저거는 분명히 뇌물이라는 생각이 강하게 들었기 때문이다.

그리고 상수는 그런 뇌물을 거절할 생각이 없는 인물이

었고 말이다.

상수는 주는 가방을 그 자리에서 열어 보았는데 그 안에는 상당한 금액의 채권이 들어 있었다.

상수가 가방을 여는 것을 본 가네마는 거의 일이 성사가 되었다고 생각하는 그런 얼굴이었다.

가방 안에 들어있는 채권은 일본 돈으로 백억 엔에 해당하는 것이다. 한국 돈으로 천억이라는 어마어마한 금액이었다.

이번 공사는 한국 돈으로 따져도 50조는 들어가는 대공사였다.

하지만 공사비가 중요한 것이 아니라 그 공사를 마치고 나서 일본에 제공을 할 가스에서 나오는 이득이 엄청났기 때문이었다.

이들은 그런 공사와 새롭게 설립이 될 회사의 지분을 가지고 싶어 했기 때문이다.

"그 가방에는 일본 돈으로 백억 엔의 채권이 들어가 있습니다. 이 돈은 저희가 개인적으로 정 사장님에게 드리는 것입니다."

"흠, 이 돈을 받고 지분을 최대한 많이 얻을 수 있게 해달라는 말이네요?"

"그렇습니다. 우리 일본은 이번에 설립이 될 회사를 상당히 높게 평가하고 있습니다. 그래서 정 사장님이 원하시는 것이 있으시면 말씀을 해주시면 충분히 검토를 하여 최대한 들어드리겠습니다."

상수의 대답에 가네마가 아닌 나까무라가 대답을 하게 되었다.

오늘 상수에게 확답을 받고자 하는 나까무라였다.

어차피 이번 일은 나까무라가 책임자였고 이미 상부에서는 이번 일에 오천억이라는 자금을 준비해 주었기 때문에 나까무라의 입장에서는 돈을 주어서라도 지분을 최대한 얻고자 하고 있었다.

"그러면 일본에서 얻고자 하는 지분은 얼마를 생각하고 있습니까?"

상수는 자신에게 충분히 감사의 표시를 하였으니 이들이 원하는 것이 어느 정도인지를 알고 싶었다.

눈앞에 있는 천억이라는 자금이 적은 돈은 아니었고 지분을 원한다는 말은 그만큼 충분한 자금을 가지고 있다는 이야기였기 때문이었다.

하지만 동시에 천억이 비록 큰돈이기는 하지만 공사를 마치고 나서는 그리 큰돈이 아니라는 것을 여기에 모여 있는 이들은 모두 알고 있었다.

일본의 인구는 1억 2천만이다. 게다가 경제 수준도 한국보다 높고 1인 가구가 더 많기에 인구수 대비 가구가 한국보다 많은 상황이다.

그렇다 보니 지금 현재도 가스 사용량이 한국보다 훨씬 많이 사용하고 있었다.

그런 일본이 한 해 동안 사용하는 비용만 따져도 천문학적인 금액이 나오기 때문이었다.

"저희는 이번에 설립이 되는 회사에 절반의 지분을 원하고 있습니다. 물론 그에 대한 보상도 충분히 생각하고 있습니다."

상수는 나까무라가 하는 말을 들으면서 이들이 노리는 것이 무엇인지를 느껴졌다.

일본은 이번에 공사를 하게 되면 러시아의 가스를 유통하게 될 것이고 이는 지금 자신들이 수입을 하고 있는 금액보다는 싸면서 안정적으로 공급을 받을 수가 있었기 때문에 일본에도 이득이 되고 이제는 자유롭게 가스회사를 만들 수가 있으니 직접 경영을 하려고 하는 것이라고 보였다.

싸게 사서 공급을 한다면 이는 일거양득의 이득을 볼 수가 있었기 때문이었다.

지금 투자를 하는 금액은 그때를 생각하면 엄청난 이득을 볼 수 있는 것이라는 생각이 들어 이들이 지금 이렇게 나서고 있다는 생각이 들었다.

하기는 중국에서도 지금 같은 생각을 하고 있기 때문에 자신을 찾아온 것이고 말이다.

한국 정부에서는 이미 그런 사실을 보고 지분을 달라 하였기 때문에 상수는 이미 이런 것을 예상하고 있었다.

하지만 이들이 모르는 것이 있었다.

러시아 정부에서 공급하는 가스의 가격을 상수가 정할 수가 있다는 것이다.

이는 러시아 정부와도 비밀스럽게 이야기가 된 것이라 상수도 말을 하지 않고 있었다.

"우선 회사를 설립해도 절반의 지분은 제가 아니라 러시아 정부에서 허락을 하지 않습니다. 이는 최소한 회사를 유지하기 위해서는 51퍼센트의 지분이 있어야 한다고 판단을 하고 있어서입니다."

상수의 말에 나까무라도 어느 정도 인정을 하였다.

"내가 일본을 생각한다고 해도 줄 수 있는 지분은 최대한 나의 지분을 포기한다고 해도 49퍼센트 이상 줄 수가 없습니다. 이는 제가 가지고 있는 지분을 일본에 파는 것이기 때문입니다. 그러면 일본에서 인수를 하려는 49퍼센트의 지분에 대해 얼마나 생각하고 있는지 들어봐야겠군요. 참고로 지금 중국과 한국에서도 움직이고 있다는 말을 미리 전하겠습니다."

상수는 이미 일본보다 먼저 두 나라에서 그런 말이 나왔다는 말을 전하면서 이들이 조금은 더 많은 투자금을 내게 하려는 속셈이었다.

나까무라는 중국에서 움직이고 있다는 정보는 이미 받았기 때문에 알고 있었지만 한국에서 움직인 사실을 아직 모르고 있었다.

하기는 한국에서도 회사를 따로 설립을 해야 하니 한국의 기업들이 그런 정보를 듣고 가만히 있지는 않았을 것이라는 생각이 들기는 했다.

이는 일본만 그런 것이 아니라 삼국이 모두 신경을 쓸수밖에 없는 일이었기 때문이다.

"제가 정 사장님에게 준비한 자금은 모두 오천억입니다. 이 금액은 이번 공사를 우리 일본도 포함을 해달라고하는 의미에서 드리는 돈입니다. 어차피 일본까지 공사를해준다면 그 정도의 로비 자금은 들어가야 한다는 것이 저의 생각입니다. 공사는 정 사장님이 확인을 해주시기만하면 가능한 것으로 알고 있습니다. 그래서 드리는 돈으로 생각해 주시기 바랍니다."

나까무라는 그렇게 말을 하고는 다시 가네마를 보았다.

가네마는 바로 뒤에 남은 가방을 꺼내 상수의 앞으로

밀어 주었다.

그 안에도 마찬가지로 채권이 들어 있었고 처음에 받은 금액의 4배에 해당하는 금액이었다.

모두 개인적으로 바로 처분을 할 수가 있는 자금이었기에 아무런 문제는 없는 돈이었다.

"좋습니다. 공사야 그렇게 한다고 치고 일본에 설립할 회사의 지분은 얼마나 생각하고 계십니까?"

"그전에 정 사장님은 이번에 설립할 회사에서 어느 정도의 지분을 가지고 계시는 겁니까?"

"저는 일본이나 중국에 세울 회사에 절반의 지분을 보장 받고 있습니다. 아시겠지만 제 개인의 지분은 아니지만 제가 처리를 할 수 있는 전권을 가지고 있기는 합니다."

상수는 지분이 혼자 가지고 있는 것이 아니라 마피아의 지분도 포함이 되어 있다는 것을 말해 주고 있었다.

그만큼 일본이나 중국도 마피아와 관련이 되어 있다고 하면 다른 생각을 하지 못하기 때문이었다.

이들도 상수가 러시아 마피아와의 관계에 대해서는 알고 있었기 때문에 지금 상수가 하는 말을 충분히 이해를 하고 있었다.

마피아의 대리인 형식으로 이번 공사도 하고 있는 것이

기 때문에 지금 자신들이 러시아로 가지 않고 한국에서 상수를 만나고 있는 것이고 말이다.

"우리는 대략 백억 달러 정도를 생각하고 있습니다. 정사장님."

상수는 백억 달러라는 말에 바로 인상을 쓰게 되었다.

"이번에 설립할 회사의 가치를 그 정도밖에는 보지 않고 있다는 이야기인가요?"

상수의 말에 나까무라는 솔직히 자신이 생각해도 무리라는 것을 알고 있었다.

사실 본국에서는 지분을 확보하라고 하면서 예상 금액이 천억 달러에서 오천억 달러 정도를 정하고 있었다.

하지만 나까무라는 최대한 금액을 아끼려고 하였고 그러기 위해 상수에게 오천억이라는 자금을 주었던 것이다.

하지만 상수에게는 오천억의 자금은 지금 중요한 문제가 아니었기 때문에 나까무라의 말은 그런 상수의 기분을 상하게 하고 있었다.

"가스를 러시아에서 무한으로 공급을 하는 것은 아니라고 들었습니다."

"물론 무한이라는 말은 나올 수가 없겠지요. 어디를 가도 무한으로 공급을 할 수는 없으니 말입니다. 하지만 러시아 정부에서도 앞으로 백 년은 계속해서 공급을 해주겠다고 하였고 저도 그 정도의 기간은 공급을 할 수 있다고 판단을 하여 회사를 설립하게 된 것입니다. 그런 회사의 가치가 겨우 그 정도밖에 안 된다고 생각하신다면 오늘 그만 돌아가야겠습니다."

상수의 발언에 나까무라는 마음이 다급하게 변하게 되었다.

만약에 정말 상수가 기분이 상해 일본과는 공사를 하지 않겠다고 한다면 이는 자신에게도 마이너스였기 때문이다.

"그러면 정 사장님은 얼마를 생각하십니까?"

"저는 일본에 세울 회사의 지분을 최소 오천억 달러는 생각하고 있었습니다. 그래서 오늘 이 자리에 나와 있는 것이고 말입니다. 향후 일본의 모든 가스는 저희가 공급을 하게 될 것이라고 보고 그리 생각을 하고 있었습니다."

상수가 하는 말은 일본에서도 이미 예상한 금액이었다.

하지만 나까무라는 그렇게 큰 금액을 주지 않아도 가능할 것이라는 생각이 들어 금액을 줄여 말한 것이다.

'음, 만만치 않은 인물이라고 들었는데 이미 우리에 대한 조사를 하고 저런 금액을 산출한 것 같네. 우선은 안심을 시키고 나서 조직에 보고를 하여 욕심을 버리게 해야겠다.'

나까무라는 이번 일이 마치면 상수를 조직에서 크게 부상을 입히려고 한다는 사실을 알기에 사전에 먼저 그런 일을 하고 나서 상수를 만나는 것이 좋겠다는 생각이 들었다.

아직 상수에 대해 알지 못하고 말이다.

"정 사장님의 말씀은 잘 들었습니다. 제가 전권을 가지고 있기는 하지만 그 정도의 금액을 제 선에서 처리를 하기에는 조금 무리가 될 것 같습니다. 가서 직접 보고를 하고 결정을 듣고 와야 할 것 같습니다."

상수도 갑자기 엄청난 금액을 결정하라고 했기에 그 말에 고개를 끄덕였다.

"좋습니다. 이번에 마지막이니 잘 생각해 보시고 결정을 내려 주시기 바랍니다. 저도 중국과 일본에 가스를 공급하였으면 하는 생각을 가지고 있으니 말입니다."

상수는 그렇게 인사를 하고는 조용히 일어섰다.

물론 가방 두 개는 들고 나가는 중이었다.

절대 그런 공짜를 두고 갈 상수가 아니었기 때문이었다.

상수가 사라지고 나자 나까무라는 가네마를 보았다.

"자네가 보기에는 어떻게 생각이 드는가?"

"이미 본사에서 예상한 금액을 말하는 것을 보니 저들

도 저희와 비슷한 생각을 하고 있었던 것 같습니다."

"그렇기는 하겠지 황금알을 낳는 거위를 그냥 보고 지나치는 인간은 없을 것이니 말이야."

나까무라는 일본에서 생각한 금액을 줄 수도 있었지만 그래도 약간의 타협점을 두고 다시 생각하게 하고 싶었다.

물론 노리고 있는 것이 따로 있었지만 말이다.

상수는 일본인들을 만나고 나서 사무실로 돌아가면서 혼자 싱글거리며 웃고 있었다.

"흐흐흐, 이 정도의 자금을 그냥 주는데 내가 거절을 할 이유가 없지 나는 항상 공짜는 좋아 하니 언제든지 주라고 환영이니 말이야."

상수는 조수석에 있는 가방을 보며 미소를 지었다.

오늘은 캐서린의 집으로 가는 날이었기 때문에 상수는 가방을 가지고 그대로 캐서린이 있는 아파트로 가고 있었다.

제11장 현대판 무술인

그때 나까무라는 일본으로 전화를 걸고 있었다.

"아무래도 욕심이 조금 강한 인간이기 때문에 조금 손을 보고 대화를 하는 것이 좋을 것 같습니다."

—그러면 여기서 사람을 보내도록 하겠다.

"예, 그렇게 해주십시오. 조금은 손을 봐주어야 할 것 같습니다."

씩익.

나까무라는 그렇게 통화를 마치고는 입가에 잔인한 미소를 지었다.

"내가 말을 할 때 그냥 순순히 들었으면 서로에게 아무런 일도 없을 것을 결국 스스로 화를 자초하였으니 나를 원망하지는 말아라."

나까무라는 그렇게 말을 하고 있었다.

하지만 이는 나까무라가 아직 상수의 실체를 모르기 때문에 가지게 된 생각이었다.

지금의 일로 인해 얼마나 힘들게 될지는 모르고 말이다.

*   *   *

상수는 캐서린의 아파트에 도착을 하여 가방을 들고 안으로 들어갔다.

"오늘은 일찍 들어오네요?"

캐서린은 한국에서는 최대한 한국말로 의사를 전달하려고 하고 있었다.

그동안 캐서린이 얼마나 노력을 하고 있는지를 보여주는 결과였다.

"호오, 이제 그런 말도 하네?"

"저 잘했어요?"

"그래, 아주 잘했어 그 정도면 이제 어느 정도는 의사를 전달 할 수는 있을 것 같은데?"

"아직 많이 부족해요. 그리고 한국말이 너무 어려워
요."

캐서린과 같은 외국인이 한국말을 단시간에 배울 수가
없는 이유가 있었는데 이는 한국말에는 같은 뜻을 가지고
있는 것이 너무 많아서였다.

비슷한 내용의 말들이 많으니 그런 것을 이해하기가 쉽
지 않아 배우는 속도가 늦을 수밖에 없었다.

그래도 캐서린은 머리가 똑똑해서 배우는 속도가 남달
랐다.

"캐서린. 우리 배고프니 나가서 식사나 하자."

상수는 언제부터인가 캐서린을 보고 편하게 말을 하고
있었는데 이는 캐서린이 한국에 와서 배운 것 중에 하나였
다.

한국의 남자는 여자에게 편하게 대하는 것이 말을 편하
게 하는 것으로 알고 상수에게 그렇게 해달라는 부탁을 하
여 상수가 그 뒤로는 편하게 말을 하고 있었다.

물론 그 덕분에 캐서린과는 더욱 친밀감을 느끼고 있는
중이었고 말이다.

상수는 그렇게 캐서린과 함께 나가서 맛있는 식사를 먹
고 간단하게 술도 한잔하게 되었다.

아파트의 주변에는 제법 음식점들이 많아서 걸어서 나가도 충분히 좋은 거리였다.

상수와 캐서린은 자주 나와서 식사를 하였기 때문에 주변에 있는 음식점에서는 두 사람이 연인이라고 생각을 하고 있었다.

상수는 술을 많이는 아니지만 조금 마시고 있을 때 주변이 갑자기 시끄럽게 되었다.

와장창

"이 새끼들이 죽고 싶어 환장을 했구나."

남자 세 명이 술이 취해 테이블을 엎어 버리자 그 옆에서 술을 마시고 있던 두 명의 덩치가 화를 내고 있었다.

"너는 먼데? 이 자식이 말하는 꼬라지 좀 보소?"

남자는 덩치를 보고도 비웃음을 지으며 손가락질을 하고 있었다.

결국 덩치 하나가 그 남자에게 다가갔고 바로 주먹이 날아갔다.

하지만 남자도 실력이 있는지 바로 주먹을 피하면서 덩치의 얼굴을 팔꿈치로 그대로 가격을 해버렸다.

퍽!

덩치는 그 한 대로 그대로 기절을 하였는지 쓰러지고 말았다.

아마도 맞은 부위가 급소였던 모양이었다.

그러자 남아 있는 덩치는 조금 놀란 얼굴을 하고는 남자를 보고 있었다.

자신이 지금 덤벼도 상대를 할 수 있는 놈이 아니라는 것을 알기에 바로 덤비지는 못하고 있는 것 같았다.

남자는 그런 덩치를 보고는 비웃으면서 말했다.

"덤빌 생각이 없으면 저기 쓰러져 있는 놈을 데리고 가라. 덩치만 믿고 까불다가는 그렇게 된다는 것을 명심하고 알겠냐?"

남자의 말에 덩치는 화가 난 얼굴을 하면서도 쓰러진 동료를 데리고 나가고 있었다.

남자는 제법 운동을 하였는지 몸이 단단해 보였다.

상수는 남자가 움직이는 것을 보고는 운동이 아닌 전문적인 무술을 익힌 남자라는 것을 금방 알 수가 있었다.

저런 움직임은 체계적으로 무술을 익히지 않았다면 나올 수가 없는 동작이었기 때문이었다.

남자는 엎어진 테이블을 다시 세우고는 두 명의 남자에게 화를 내고 있었다.

"이제 그만 해라. 너희들 때문에 내가 이렇게 해야 하는 거냐?"

아마도 세 명은 친구 사이인 것 같았고 그중 두 명이 아마도 의견이 충돌을 하여 저런 일이 벌어지게 된 모양이었다.

그리고 덩치를 쓰러지게 한 남자가 이들 중에는 리더로 보였다.

친구라고는 하지만 싸움을 할 때는 순위가 정해지기 때문에 상수는 보는 순간에 금방 파악을 할 수가 있었다.

캐서린은 술을 마시다가 갑자기 주변에서 일어난 일들을 보았지만 무서운 얼굴이 아니라 호기심이 어린 눈빛을 하고 있었다.

"한국 남자들은 먼저 쓰러지면 싸움이 끝이 나는 거예요?"

이번에는 영어로 묻는 질문이었다.

상수는 아직 캐서린이 이런 표현을 모르기 때문에 그런 것으로 이해를 하고 있었다.

"그거는 아니고 이번에는 아마도 상대가 강자라는 것을 알기에 물러난 것 같네."

"아항, 강자라서 피한 거군요."

캐서린은 그렇게 이해를 하였다.

미국에서도 남자들끼리 자주 치고 박고 하는 장면을 여러 번 보았던 캐서린이었다.

상수는 그런 캐서린과 웃으면서 남은 술을 마저 마시게

되었고 이제 돌아가려고 자리에서 일어서고 있을 때 입구에서 다시 시끄러운 소리가 들렸다.

아마도 아까 나간 놈이 다른 이들을 데리고 온 모양이었다.

상수도 전에 이런 경험이 있었기 때문에 그냥 보내지를 않았는데 지금 남자는 그런 것에는 신경도 쓰지 않는 모양이었다.

"여기는 시끄러우니 나가서 해결을 하자."

"제법 실력을 믿고 있는 모양인데 그래 우선은 나가자."

술을 파는 남의 가게이니 나가서 해결을 하자는 남자의 말에 놈들도 따라 나가고 있었다.

상수는 그런 남자를 보며 속으로 조금은 걱정이 되었다.

'저거 혼자 처리를 하기에는 좀 많은 것 같은데? 그리고 놈들은 그냥 일반인이 아니고 내가 보기에는 조직에 속해 있는 놈들 같은데 그냥 보내면 크게 다칠 수도 있는데 도움을 줘야 하나?'

상수는 놈들이 하는 짓을 보니 아마도 힘들면 연장질을 할 것 같은 생각이 들어 하는 생각이었다.

일반인끼리 싸우는 것이라면 상수도 신경을 쓰지 않고

그냥 가면 그만이었지만 조직에 있는 놈들이라면 조금 달 랐기 때문이었다.

상수는 그런 조직에 속해 있는 놈들에게는 그리 좋은 감정이 없어서였다.

그리고 가장 싫어하는 것이 바로 놈들이 개인적인 일로 주먹질을 하는 것이 아니라 꼭 단체로 행동을 하고 있어서 였다.

상수가 가장 비겁하게 생각하는 것이 바로 그런 놈들이 었다.

단체로 싸우는 것도 아닌데 개인에게 저렇게 무더기로 덤비는 짓을 저들은 아무렇지도 않게 하고 있었기 때문이 다.

"캐서린, 혼자 집에 갈 수 있겠어?"

캐서린은 상수가 그런 말을 하는 이유를 금방 눈치를 채고 있었다.

하지만 그렇다고 캐서린이 상수를 보낼 생각은 없었다.

"상수 씨, 나는 저런 일에 상수 씨가 끼지 않았으면 좋 겠어요. 저들을 보니 한국의 마피아 같은데 저런 질이 나 쁜 인간들과 싸우는 것은 하지 않았으면 해요."

캐서린도 눈이 있기 때문에 보는 순간에 그런 느낌을 받은 모양이었다.

상수는 그런 캐서린을 보며 따뜻한 미소를 지어주었다.

"캐서린, 한국인은 말이야 저런 불의를 보고 그냥 지나치지를 못해요. 그러니 오늘은 나의 말을 따라 주었으면 좋겠어."

상수의 강한 표현에 캐서린은 한숨을 쉬고 말았다.

그리고 상수가 미국에서 싸움을 하였을 때 보여 주었던 실력을 캐서린도 알고 있기에 어느 정도는 안심이 되었다.

"알았어요. 하지만 너무 늦지는 말아요."

"미안해. 캐서린."

상수는 그렇게 말을 하고는 빠르게 사라지고 있었다.

캐서린은 상수가 없어도 지근거리에서 보호를 하기 위해 두 명의 경호원이 항시 자리를 지키고 있었기 때문에 상수가 그냥 갈 수가 있었다.

상수는 남자와 일행들이 간 방향으로 빠르게 이동을 하였다.

놈들이 모여 있는 곳은 주차장이었는데 아무도 오지 않는 조용한 장소였다.

"우리 애를 한 방에 기절시켰다고 들었는데 어디 식구냐?"

"식구? 내가 조직원으로 보였나? 미안하지만 나는 조직에 속해 있는 사람이 아니고 그냥 평범한 사람이다."

남자는 아직 술이 취하지는 않았지만 그래도 몸에 술 냄새를 풍기고는 있었다.

"호오 실력이 대단한 자신감을 가지고 있는 모양인데 실력만 믿고 깝치다가 골로 가는 수가 있다."

조직원을 데리고 온 남자는 아마도 이런 짓이 전문인 모양인지 말하는 투가 상당히 자주 해본 것 같아 보였다.

"나를 여기로 부른 이유가 내 실력을 보고 싶어서는 아닐 것이고 무슨 일인지 말해야 나도 알 것이 아냐?'

남자는 조폭들을 보고도 겁이 없는지 말을 막하고 있었다.

그런 남자의 행동에 조직원들이 인상을 쓰기 시작했다.

"형님, 우선 잠깐 손을 보고 이야기를 하시지요."

"그렇게 해라. 요즘은 애들이 너무 겁이 없어서 말이야."

남자의 허락이 떨어지자 조직원들이 천천히 움직이기 시작했다.

어차피 목적이 남자를 손보기 위해 찾아 온 것이기 때문이었다.

세 명의 남자는 열 명의 남자가 다가오는데도 그리 두려운 얼굴이 아닌 것을 보고 상수는 그냥 자리를 지키고 있었다.

저들이 저런 얼굴을 하는 것을 보니 무언가 감추고 있는 것이 있을 것 같은 기분이 들어서였다.

"애들아, 쳐라."

솜씨가 제법 있다는 이야기를 들었기에 이들은 처음부터 단체로 공격을 하기로 한 모양이었다.

오늘 여기로 온 인원만 총 열두 명이었고 한 명은 입구에 있었고 나머지는 모두 여기에 있었다.

그중에 대장으로 보이는 남자만 나서지 않았고 나머지 열 명이 모두 나서서 공격을 하기 시작했다.

하지만 이들이 생각하는 것과는 다르게 조직원들은 제대로 공격을 하지 못하고 일방적으로 얻어터지고 있었다.

퍽퍽퍽.

"으윽!"

"컥!"

그래도 이번에는 급소가 아니라 그런지 기절을 하는 이들은 없었다.

조직원들이 터지기 시작하자 가만히 구경만 하던 남자의 얼굴이 사납게 변하고 있었다.

"이 새끼들이 지금 뭐하고 있는 거야! 당장 연장을 꺼내 놈들을 담가 버려."

남자의 지시에 조직원들은 품에서 가지고 있던 연장들을 꺼내기 시작했다.

이들은 사시미칼을 들고 다녔는데 멀리서 보아도 날이 시퍼런 것이 아주 날카로워 보였다.

이들이 칼을 꺼내자 세 명의 남자도 긴장을 하는 눈빛을 하고 있었다.

설마 일반인을 상대로 바로 연장을 꺼낼지는 이들도 생각지 못한 모양이었다.

그러자 한 남자는 자신의 어리에 차고 있는 허리띠를 빼서 손에 말았다.

자신들은 무기로 사용할 만 것이 없어서 그런 모양이었다.

연장을 손에 쥐니 용기와 기운이 났는지 놈들의 눈빛이 달라지고 있었다.

아마도 연장으로 많은 이들에게 공포를 주었던 기억을 가지고 있어서 그런 것인지 이들도 분위기가 달라져 있었다.

상수는 놈들이 칼을 꺼내는 순간에 개입을 해야 할지를 고민하고 있었다.

'저대로 두면 분명히 부상자가 나올 것 같은데 말이야. 우선은 개입을 하고 나중에 생각을 하기로 하자.'

상수는 그렇게 생각을 하고는 늘 지니고 다니는 삼단봉을 꺼내게 되었다.

"어이 거기 연장은 도로 집어넣지."

갑자기 들려오는 목소리에 조직원들은 고개를 돌려 상수가 오는 것을 보았다.

상수가 혼자만 오고 있는 것을 보니 조금은 안심이 되는 모양인지 다시 인상을 쓰며 욕을 하고 있었다.

"너는 또 뭐냐? 오늘 기분이 더러우니 그냥 가라. 처음이자 마지막으로 은혜를 베푸는 거니 어서 사라져라. 지금 바쁘니 말이다."

한 놈은 상수를 보고는 그렇게 말을 하였다.

상수는 그런 놈들을 보고 그냥 두어서는 안 될 놈들이라는 생각을 하였다.

"나도 바쁘니 빨리 끝내자."

상수는 그리 말을 하고는 빠르게 놈들에게 달려들었다.

상수의 발걸음은 이들이 생각하는 이상으로 빠르게 달렸고 이내 놈들이 있는 곳에 도착을 하면서 들고 있는 삼단봉을 사용하기 시작했다.

삼단봉을 놈들을 공격하는 곳은 주로 팔이나 다리였는데 이는 부상을 입어서 오랜 시간을 움직이지 못하게 하려는 의도에서였다.

상수는 삼단봉으로 놈들의 다리와 팔만 전문적으로 공격을 하였고 놈들은 들고 있는 사시미칼을 이용하여 상수를 공격하였다.

챙챙 빠각!

꽈지직!

"크으윽!"

"으으악!"

"아악!"

상수의 공격에 놈들은 눈을 뜨고도 당할 수밖에 없었는데 이는 상수의 공격이 너무 빠르기 때문에 감당을 할 수가 없었기 때문이었다.

상수가 조직원들을 쓰러지게 하는 시간은 겨우 5분 정도 걸렸고 그러는 동안 상수를 보는 눈길이 있었는데 바로 이들과 대결을 하려고 하였던 세 명의 남자들이었다.

이들은 상수가 갑자기 나타나서 자신들을 도와주는 것에 솔직히 조금은 불안했는데 지금은 그런 생각은 모두 사라지고 신기한 눈빛을 하며 상수를 보고 있었다.

나이는 자신들보다는 많아 보였는데 저런 실력을 가지기 위해서는 엄청난 시간을 수련했기 때문에 가능하다는 사실을 알고 있어서였다.

이들도 무술을 수련하고 있었기 때문에 말이다.

현대의 사회에서는 무술이라는 것이 그저 호신용의 가치 이상은 주지 않고 있어서 점점 사양길로 접어들고 있지만 이들은 제대로 된 무술을 익혔고 오랜 시간을 무술을 익히며 살아왔기에 보는 눈은 남들과는 달랐다.

그리고 지금 상수가 강약을 조절하여 공격을 하고 있는 것을 보면서 자신들도 감히 상대를 할 수 없을 정도로 강한 고수라는 것을 느끼고 있었다.

조직원들이 모두 쓰러지고 나자 마지막으로 남아 있는 남자는 그런 상수를 보며 두려운 눈빛을 하고 있었다.

"당신은 누구요?"

"그러는 너는 누구인데 사람에게 칼을 사용하는 거냐?"

상수가 묻자 남자는 바로 대답을 했다.

"나는 강남에 있는 신세기파에 속해 있는 조직원이오."

남자는 상수의 실력을 눈으로 보았기 때문에 그런 상수에게는 함부로 할 수가 없었다.

이번에 조직원을 데리고 온 일도 개인적으로 데리고 온 것이기 때문에 지금도 상당히 곤란한 상황이었기 때문이다.

강남에는 두 개의 조직이 있었는데 하나는 신세기파였고 다른 하나는 강남파였다.

상수는 신세기파에 있는 이들 중에 두 명의 간부를 알

고 있었는데 이는 과거의 일 때문에 아는 얼굴이었다.

"신세기파의 조직원이 야밤에 칼을 들고 단체로 적은 인원을 공격했다는 말이지? 가만 신세기파면 거기 범수라고 있지 않나?"

상수의 질문에 남자는 깜짝 놀란 얼굴을 하였다.

상수가 말한 범수라는 인물은 바로 신세기파에 있는 간부였기 때문이다.

그것도 상당히 수위에 있는 자였기에 놀라지 않을 수가 없었다.

"저기… 누구십니까?"

"가서 내가 누구인지 물어보면 알거야. 한 때는 나하고 친하게 지내던 사이였으니 말이다. 가서 상수가 보냈다고 하면 죽지는 않을 거다. 저기 쓰러진 놈들을 데리고 빨리 가라. 마음이 변하기 전에 말이다."

상수는 처음에는 놈들을 모두 병신으로 만들어 보낼 생각이었는데 신세기파라는 말을 듣고는 친구인 범수 때문에 그냥 보내게 되었다.

상수가 그냥 가라는 말에 남자는 자신도 모르게 정중하게 인사를 하고는 쓰러진 놈들 중에 그대로 걸을 수 있는 놈에게 차를 끌고 오라는 지시를 하였다.

상수는 놈들이 그러는 것에는 신경도 쓰지 않고 남자

세 명이 있는 곳으로 걸어갔다.

상수가 오자 이들은 잔뜩 긴장을 하는 얼굴을 하며 상수를 보고 있었다.

"보아 하니 아직 나이도 어린 것 같고 실력은 있지만 아직은 부족한 것이 많다는 것을 본인들이 잘 알고 있을 것 같아 보이는데 나하고 차나 한잔할 생각이 있으면 같이 가고 아니면 여기서 헤어지자."

상수의 말에 이들은 내심 갈등을 하고 있는 얼굴이었다.

무술을 익힌 고수를 만나는 일은 이들도 정말 바라고 있었지만 지금까지 무술을 익힌 사람을 만나지 못했기 때문이었다.

그리고 갈등을 하는 이유는 이제 조금 자유롭게 살 수가 있는데 다시 과거의 모습을 생각하니 만나지 않았으면 하는 생각이 들어서였다.

그런데 그중에 한 명은 달랐는지 상수가 하는 말에 대답을 하고 있었다.

"처음 뵙겠습니다. 저는 천룡 권법이라는 전통 무술을 익히고 있는 김영택이라고 합니다. 이렇게 무술의 고수를 뵙게 되어 영광입니다."

상수에게 인사를 하는 놈은 바로 상수가 리더라고 생각

하였던 남자였다.

"그럼 한 사람은 나와 이야기를 하고 싶다고 알아도 되는 건가?"

상수의 질문에 남은 두 명도 바로 대답을 하게 되었다.

"아닙니다. 저희도 이야기를 나누고 싶습니다."

이들도 마음은 아직 무술을 배우고 싶다는 생각을 버리고 있는 것은 아니었다.

단지 이들이 원하는 것은 전처럼 그렇게 힘들게 살고 싶지는 않아서였다.

상수는 아직 이들에 대해 알지 못했다.

무슨 사연이 있어 보이기는 했지만 자신이 질문을 할 상황은 아니었기에 그냥 가려고 했다.

다만 그래도 말은 듣고 가는 것이 좋을 것 같아 먼저 말을 하게 되었다.

상수는 그렇게 세 명의 남자들을 데리고 움직이게 되었다.

"아직 식사 전이라면 식사를 하러 가고 아니면 술이나 한잔 하면서 이야기를 할까?"

"저는 그냥 차를 마시면서 대화를 하였으면 합니다. 술은 이미 마셨으니 지금은 술보다는 차를 마시고 싶습니다."

상수는 그 말에 다른 이들을 보았고 그들도 술은 그리 생각이 없는 모양인지 고개를 끄덕이고 있었다.

"그러면 가까운 곳으로 가지."

제12장 무술인을 거두다

상수의 말에 남자들은 모두 가까운 커피전문점으로 들어가게 되었다.

상수는 간단하게 커피를 주문하고는 이들을 보았다.

이들은 배운 천룡권법이라는 것이 어떤 것인지는 상수도 모르지만 이들이 익히고 있는 무술이 제법 강하다는 것은 느낄 수가 있었다.

이미 움직임을 보았기 때문에 강력한 힘을 동반하는 무술이라는 것을 상수는 파악을 하고 있어서였다.

"자, 그러면 우리 간단하게 인사나 하고 이야기를 하도록 하지. 나는 정상수고 나이는 이제 서른이 되었다. 내가 나이가 많아 보이니 말을 편하게 한다고 오해는 하지 말아라."

상수가 보기에는 남자들이 많아야 이제 이십 대 후반의 나이라고 생각이 들어서 하는 말이었다.

상수의 소개를 듣고 나서 남자들은 각자 소개를 하기 시작했다.

"저는 아까도 인사를 드렸지만 청룡권법의 당대 계승자인 김영택이라고 합니다. 여기 있는 친구들은 저와 같은 동문입니다."

"저는 정치열이라고 합니다."

"저는 권상문이라고 합니다. 나이는 이제 스물여섯 살입니다."

"그래 소개는 그 정도면 되었고 전통 무술이라고 했는데 언제부터 배운 것이냐?"

상수는 이들이 배우고 있는 천룡권법이라는 전통 무술에 관심이 가서 물었다.

"저희 셋은 고아입니다. 스승님을 만나 아버지로 모시면서 어려서부터 무술을 익히고 있었습니다. 그러다가 얼마 전에 아버님이 돌아가시게 되어 더 이상 그곳에 있고 싶지가 않아 올라오게 되었습니다."

그러면서 김영택이 자신들의 사정을 자세하게 이야기를 하기 시작했다.

이들은 어린 시절부터 무술을 익혔지만 아버지는 이들의 실력이 마음에 들지 않아 매일 혹독하게 수련을 시켰다고 하였다.

하지만 어린 시절 그렇게 혹독하게 수련을 하니 이들도 반발이 생기게 되었고 결국 자신들이 고아이기 때문에 그렇게 혹독하게 수련을 시킨다는 생각이 들어 집을 나가는 경우도 있었다.

하지만 시간이 지나면서 자신들이 그런 행동에 후회를 하게 되어 다시 집으로 돌아가 보니 아버지는 병을 얻어 몸이 전과는 다른 분이 되어 있었고 이들은 그런 아버지를 모시고 3년의 시간을 수련을 하며 지내게 되었다고 한다.

하지만 아버지가 돌아가시게 되자 이들도 더 이상은 시골에서 있고 싶지가 않아 이번에 마음을 먹고 서울로 상경을 하게 되었다고 하였다.

문제는 셋이 가지고 있던 경비를 정치열이 보관을 하고 있었는데 그 돈이 사라지게 되어 오늘 그 문제 때문에 다투게 되었다고 하였다.

상수는 이들이 하는 이야기를 모두 듣고는 이들이 지금 잘 곳도 없다는 것을 알게 되자 조금은 불쌍한 생각이 들었다.

'요즘에 무술을 전통으로 배우는 이는 있지만 이들처럼 전문적으로 익힌 인물은 없으니 차라리 내가 이들을 데리고 있는 것이 좋지 않을까? 나중에 경호원으로 있어도 되니 말이야.'

상수는 그런 생각이 들어 가만히 이들이 하는 이야기를 듣고만 있었다.

"그래 그러면 지금 갈 곳도 없다는 이야기네?"

"그렇습니다. 서울에는 아는 분도 없으니 그것 때문에 서로 화가 나서 그런 일이 생기게 되었습니다."

"실력은 그 정도면 충분하지는 않지만 그래도 좋아 보이니 내가 고용을 하는 것으로 하면 따라오겠냐?"

상수의 말에 세 명의 남자는 눈빛이 달라지고 있었다.

"저희를 고용해 주시겠다는 말씀이십니까?"

"그래, 나는 너희들의 실력이라면 경호원으로 있어도 좋겠다는 생각이 들어 하는 말이다."

상수의 말에 세 명의 남자는 그런 상수를 보고 있었다.

솔직히 자신들의 무엇을 보고 저런 말을 하는지 이해가 가지 않아서였다.

오늘 처음 보았는데 갑자기 자신들을 고용하겠다고 하니 이들이 아직 정신을 차리지 못하는 것은 당연한 일이었다.

누가 그런 상황을 당해보겠는가 말이다.

"그러면 저희의 실력을 보셨기 때문에 그런 생각을 하신 것입니까?"

"그렇지. 실력이 있으니 고용을 하려는 것인지 만약에 너희들의 실력을 몰랐다면 이런 제의는 하지도 않았을 것이다. 나는 능력이 있는 사람을 원하지 실력도 없는 이들을 원하지는 않는다."

상수는 이들에게 확실하게 너희들이 실력이 있기 때문에 내가 고용을 한다는 인식을 보여주고 있었다.

이들처럼 자존심이 강한 이들에게는 실력이 있어 너희를 고용한다고 하는 것이 가장 좋은 말이었기 때문이다.

김영택은 상수가 하는 말을 들으며 가장 마음에 드는 것이 바로 자신들의 실력을 인정해 준다는 점이었다.

"그러면 죄송하지만 저희에게 가끔 가르침도 주실 수가 있겠습니까? 저는 내심 제가 최고라고 생각하였는데 오늘 일을 겪고 나니 아니라는 것을 알게 되었습니다. 아버지의 말씀대로 고수를 만나게 되면 얼마나 부족한지를 알게 될 것이라는 말씀이 오늘처럼 가슴에 와 닿지는 않았습니다."

영택의 말에 나머지 두 명도 고개를 끄덕였다.

이들도 영택에 비해 조금 부족하기는 했지만 그렇다고 완전히 실력이 떨어지는 것은 아니었다.

사람은 누구나 자질이 있는데 영택이 무술을 익히기에는 가장 좋은 근골을 가지고 있었고 나머지 두 명도 좋기는 했지만 영택과 비교를 하면 조금 손색이 있었기 때문에 시간이 지나면서 실력의 차이가 조금 벌어지고 있었던 것이다.

"나에게 가르침을 받고자 한다면 아마도 단단히 각오를 해야 할 거야 나는 그냥 가르침을 주지 않으니 말이야."

상수의 말에 영택은 눈빛을 빛냈고 다른 두 명의 남자도 마찬가지의 눈빛을 하고 있었다.

이들은 어린 시절부터 익힌 무술에 대한 자부심이 대단했다.

그런데 오늘 그 자부심이 완전 무너졌기 때문에 상수에게 더욱 배움을 받고 싶다는 생각이 들었는지도 모르는 일이었다.

무술인은 단순하다는 말이 있는데 진짜로 지금 세 명의 남자도 참 단순하게 생각을 하고 있다는 생각이 드는 상수였다.

"저는 그런 가르침을 받고자 합니다. 저희에게 새로운 눈을 뜨고 해주셨으니 어떠한 상황이 되어도 절대 포기는 하지 않겠습니다."

"저도 마찬가지입니다. 아버지는 저희가 배우고 있는 청룡권법을 많은 이들이 배울 수 있도록 하라는 유언을 남기셨기 때문에 지금의 실력으로는 많이 부족하다는 것을 알았습니다."

세 명의 남자는 모두 같은 생각을 하고 있는지 말하는 것이 거의 같아 보였다.

상수는 그런 세 명의 남자를 보고 속으로 흐뭇한 생각이 들었다.

오늘 처음 보는 얼굴들이지만 절대 배신을 할 그런 이들로 보이지는 않았기 때문이다.

상수는 요즘 이상하게 사람을 보면 그 사람의 본질이 보이기 시작했는데 확실하지는 않지만 어느 정도는 그 사람에 대한 판단을 할 수가 있을 정도였다.

"좋다. 나에게 배움을 원하면 그렇게 해주겠다. 하지만 우선 너희들이 배워야 할 것이 있다는 것을 명심하기 바란다. 우선은 너희는 나에게 고용이 된 경호원이면서 은밀히 해야 하는 일들을 해주어야 하니 말이다. 즉 보이지 않은 그림자 역할을 해주어야 한다. 물론 내가 그렇다고 나쁜 짓을 시키지는 않을 것이니 걱정은 하지 않아도 된다."

상수의 말에 세 남자는 고개를 끄덕였다.

막말로 지금 당장 가지고 있는 돈도 없어서 거리에서 자야 하는 상황이었는데 숙식을 제공해 주겠다고 하니 이들이 거절을 할 이유가 없었다.

거기에다 공짜로 무술을 익힐 수도 있었으니 말이다.

이들이 상수를 보고 놀라고 감탄을 한 것은 바로 그 움직임이었는데 그런 움직임을 하려면 얼마나 많은 시간을 수련을 해야 하는지를 아버지에게 들은 기억들이 있어서였다.

"그렇게 하겠습니다. 그러면 저희가 호칭을 어찌 불러야 합니까?"

"그냥 편하게 사장님이라고 불러라. 내가 하고 있는 회사가 있으니 말이다."

그러면서 상수는 자신의 명함을 이들에게 주었다.

상수의 명함에 나와 있는 코리아 시티라는 회사는 본사는 러시아에 있고 한국 지사도 적혀 있는 명함이었다.

김영택은 상수가 외국에서 사업을 하는 사람이라고 생각했다.

러시아어는 모르지만 명함을 보니 한국 지사라고 쓰여 있었기 때문이다.

"알겠습니다. 사장님."

"우선은 너희가 해야 하는 일보다는 먼저 잠자리를 마

런해야겠다. 오늘은 가까운 곳에 임시로 숙소를 정하고 다른 생각은 하지 말고 푹 쉬도록 해라. 내일은 다른 곳으로 가야 하니 말이다."

상수는 이들에게 새로운 숙소를 만들어 주고는 이들의 실력을 조금 더 높일 생각을 하고 있었다.

그러면 나중에 자신이 외국에 나가도 경호에 대한 문제는 해결이 될 것 같아서였다.

가족들에 대한 걱정이 가장 심했기 때문에 가족들의 경호를 이들에게 맡기려고 하는 것이다.

세 명의 남자는 상수가 하자는 대로 지시에 따랐고 상수는 우선 가까운 모텔에 이들이 잘 수 있게 해주었다.

상수가 아파트에 도착을 하니 캐서린이 아직 자지 않고 자신을 기다리고 있었다.

"캐서린, 안에서 기다리지 그랬어?"

"오시지 않는데 어떻게 안에 있어요. 마음이 불안해서 안에 있을 수가 없었어요."

상수는 그런 캐서린을 아주 사랑스러운 눈빛을 하며 보았다.

캐서린의 어깨를 감싸 안은 상수는 캐서린과 행복한 미소를 지으며 안으로 들어갔다.

다음날 상수는 기분 좋게 집을 나서고 있었다.

오늘 상수는 바로 출근을 하지 않고 세 명의 남자에게 새로운 보금자리를 마련하려고 하였다.

물론 단독으로 된 주택을 알아보려고 하였다.

아파트는 이들이 살면서 수련을 할 수가 없을 것이라는 생각이 들어서였다.

그리고 이들이 익히고 있는 천룡권법에 상수가 관심이 있어서였다.

이미 세상에 널리 알리려고 한다는 말을 들었기 때문에 자신이 배울 수도 있다는 생각이 들어서였다.

우선은 기본적인 형을 배우면서 이들의 실력을 조금 높일 수 있으면 그렇게 하려는 의도에서 단독으로 알아보는 것이다.

모텔에 가니 이미 일어났는지 세 명의 남자는 상수가 오는 것을 맞이해 주고 있었다.

"어서 오십시오. 사장님."

"모두 일어났으니 바로 나가서 식사를 하자."

"예, 사장님."

상수는 어제 이들에게 당분간 사용할 돈을 주었다.

오늘 집을 구하면 거기서 식사를 해야 했기 때문이다.

그리고 옷도 좀 사야 할 것 같아서 미리 어제 이들에게

선불로 돈을 주었다.

상수는 남자들과 같이 아침을 먹었고 바로 어제 전화로 미리 예약을 한 곳으로 가게 되었다.

부동산을 거래하는 곳으로 전에 아파트를 사게 해주었던 사람이었다.

"사장님, 어서 오십시오."

"너무 일찍 온 것이 아닌지 모르겠습니다."

"아닙니다. 어제 연락을 받고 바로 준비를 해두었습니다. 바로 가시겠습니까?"

"그렇게 하지요."

상수는 부동산의 남자가 참 마음에 들었다.

준비를 완벽하게 해주니 편하게 움직일 수가 있었기 때문이다.

남자가 안내를 해주는 곳은 강남에 있는 우면산을 뒤로 하는 주택이었는데 아주 평수도 마음에 드는 그런 곳이었다.

상수는 집을 보는 순간에 아주 마음에 들었기에 바로 계약을 하게 되었다.

"이 집으로 하지요. 주인은 언제 오신다고 합니까?"

"매입을 하시게요?"

남자는 어제 듣기로는 매입을 하거나 아니면 세를 얻어

야 할 것 같다고 하였는데 아침에 집을 보고는 마음에 들었는지 바로 구입을 하려는 것으로 보였기 때문에 하는 소리였다.

"예, 집이 아주 마음에 드네요. 그냥 사는 것으로 하지요."

"알겠습니다. 매입을 하셔도 상관이 없으니 바로 준비를 하겠습니다. 이미 주인하고는 이야기를 해두었으니 문제가 없습니다."

상수는 남자의 대답에 고개를 끄덕이며 바로 집을 구입을 하게 되었다.

명의는 회사의 명의로 해두었는데 개인이 가지고 있을 수 있는 주택에는 세금이 많이 나오기 때문이었다.

상수는 바로 집을 구입하고 서류는 남자가 준비를 해주었고 상수가 하는 일은 통장으로 돈을 입금하는 것이 전부였다.

나머지는 법무사가 명의이전만 해주면 되기 때문이었다.

모든 준비를 마치고 상수는 세 명의 남자에게 집으로 가기 전에 그 안에 필요한 가전제품을 먼저 구하라는 지시를 내렸다.

"앞으로 이 집이 너희들의 보금자리이니 여기서 생활을

하도록 하고 너희가 익히고 있는 천룡권법을 나에게도 알려줄 수 있겠나? 내가 권법에 알아야 가르침을 줄 것 같아서 말이야."

"예, 상관없습니다. 이미 천룡권법은 아버지가 모두에게 알리라는 유언을 남기셨습니다. 누구라도 배우고 싶으면 배울 수 있도록 하는 것이 저희들의 꿈입니다."

"흠, 우선 그렇게 하려면 너희의 실력을 먼저 키워야 한다는 것을 명심하고 앞으로는 더욱 수련을 해야 할 것이다. 물론 나도 너희에게 적절하게 가르침을 주겠지만 내가 혼자 한다고 해서 실력이 늘어나지는 않는다는 것을 알고 있을 것이다."

"예, 최선을 다해 수련을 하겠습니다. 사장님."

세 명의 남자는 이구동성으로 그리 대답을 하였다.

상수는 이들에게 넉넉하게 사용하라고 카드를 주었고 저녁에 온다는 말을 전하고는 회사로 출근을 하였다.

회사에는 이미 이야기를 해두었기 때문에 늦어도 상관이 없었다.

그리고 상수가 회사에 도착한 시각, 그런 상수를 아주 멀리서 관찰을 하는 눈길이 있었다.

제13장 일본의 암살자

"흠, 지금 출근을 하는 것을 보니 집에서 잔 것은 아닌 것 같은데 혹시 다른 여자가 있는 건가?"

남자는 아주 날카로운 인상을 가지고 있는 자였는데 일본의 암살자인 모양이었다.

암살자는 상수의 일거수일투족을 관찰하기 위해 일찍부터 와서 자리를 잡고 있었던 모양이었다.

그리고 냉정하게 상황을 판단하는 것이 머리도 있다는 이야기였다.

남자는 그런 상수를 보며 고개를 끄덕이고 있었다.

시간이 없다는 이야기를 들었기에 오늘 저녁에 처리하려고 하고 있었다.

오늘은 이제 출근하였으니 회사에서 퇴근할 때는 기다려 조용히 처리할 생각을 하고 있었다.

아직 이들은 상수의 실력을 모르기 때문에 하는 생각이었다.

상수는 회사에서 오랜만에 리처드 부사장의 전화를 받고 있었다.

─사장님, 지금 해외 업체들은 서로 공사를 원하고 있습니다. 차라리 저들을 대상으로 입찰을 보는 것이 어떻습니까?

"아니요. 입찰은 하시지 말고 계약을 하는 방식으로 공사를 하세요. 물론 그렇게 하면 더 힘이 들겠지만 그래도 한국 기업에는 도움이 되니 말입니다."

─이번 공사를 주면 저들이 가지고 있는 기술력을 알려주겠다는 약속을 하긴 하였지만 과연 저들이 기술을 알려주겠습니까?

리처드는 비록 저들이 계약을 하면서 기술을 전수하겠다는 이야기를 하였지만 과연 지킬 수 있을지는 미지수라고 생각하고 있었다.

이번 공사가 엄청난 공사임에는 틀림이 없다.

하지만 건설사들이 그런 약속을 지킬지는 리처드도 장담을 하지 못하고 있었다.

하지만 상수는 그런 리처드의 말에 그냥 웃고만 있었다.

저들이 아직 자신을 모르기 때문에 쉽게 계약을 할지도 모른다.

하지만 자신은 계약이라는 것을 가지고 있기 때문에 나중에는 저들이 문제가 되면 되었지 자신에게는 아무런 문제가 없었기 때문이었다.

공사비를 받아 가려면 약속을 이행해야 했기 때문이다.

아니면 엄청난 공사비를 저들이 포기를 해야 하는데 과연 그렇게 할 업체가 있을지는 상수도 모르는 일이었다.

"그 문제는 걱정하지 마세요. 저도 생각이 있어 그렇게 계약을 한 것이니 말입니다. 그런데 다른 업체들은 진행이 어떻게 되고 있습니까?"

―이미 거의 원하는 업체와 계약을 하였습니다. 저들도 아주 반기는 입장이었습니다. 이미 선정하였다고 말을 하니 속으로 좋아 죽겠다는 표정이었습니다.

"일본은 어떤 가요?"

상수는 일본의 미쓰비시 건설사가 한국에 온 일은 말하지 않고 있었다.

─여기 일본은 바로 계약을 하겠다고 합니다. 자신들도 자국에 일거리가 없는데 지금 이런 공사를 누가 주겠습니까?

리처드는 이번 공사를 계약하러 다니면서 많은 대접을 받고 있는 중이었다.

리처드 자신이 하고 싶었던 일들이 바로 이런 것이었기 때문에 정말 피곤한지도 모르고 열심히 다닐 수가 있었다.

회사의 자금도 충분하고 출장을 간다고 해서 경비를 적게 주는 것도 아니었기에 충분하게 편하게 일을 할 수가 있었다.

"하하하, 목소리를 들어보니 즐거우신 모양입니다."

─예, 요즘 제가 다시 태어난 기분으로 일을 하고 있습니다. 모두 사장님 덕분입니다.

"그게 왜 저 때문입니까. 다 부사장님이 그런 마음으로 일을 하시니 그런 것이지요. 아무쪼록 몸 건강하게 마치고 오시기를 기다리겠습니다."

─예, 삼 일 후에는 귀국할 수가 있을 것 같습니다.

"알겠습니다. 오시면 바로 회식을 하기로 하지요."

―하하하. 알겠습니다. 최대한 많이 거두어서 가도록 하겠습니다.

리처드는 그렇게 말을 하고는 전화를 끊었다.

상수도 그런 리처드와의 통화로 인해 기분이 좋아졌다.

이제 해외의 업체는 거의 마무리를 하고 있었고 한국의 기업들도 정해져 있으니 남은 문제가 없었기 때문이었다.

아직 중국 쪽 인물들을 만나지는 않았지만 이쪽도 문제가 없을 것이기에 걱정은 없었다.

저들도 일본과 마찬가지로 기업에 대한 지분 문제 때문이었다.

과연 중국에서는 얼마의 지분을 원할지는 모른다.

하지만 상수는 저들이 원하는 것을 모두 들어줄 생각은 없었다.

"오늘쯤에는 연락이 올 것 같은데 말이야……."

상수는 일본과 중국에서 연락이 올 시간이 되었다고 생각하고 있었다.

이제 공사를 시작할 시기가 다가왔기 때문에 저들이 더 설칠 수밖에 없는 입장이었기 때문이다.

이번 공사에서 유일하게 중국의 건설사만 빠져 있는 상

황이었다.

이는 중국의 건설사는 여러모로 한국과 일본에 비해 기술력이 부족하다는 판단이 들어서였다.

세계적인 건설사가 많은데 기술이 부족한 중국의 건설사를 이용할 필요는 없었기 때문이었다.

물론 그런 문제는 건설사가 중국과 협의를 해서 처리를 할 것이고 말이다.

"사장님, 중국에서 전화가 왔는데 받으시겠습니까?"

상수는 마침 중국 생각을 하고 있는데 중국에서 연락이 왔다는 말을 듣자 자신도 모르게 입가에 미소가 그려졌다.

"돌려주세요."

"예, 알겠습니다."

상수는 중국에서 걸려온 전화를 받았다.

"여보세요?"

─반갑습니다. 저는 중국의 티티엔이라는 회사의 부총경리로 있는 첸리징이라고 합니다.

"아, 그렇습니까? 그런데 무슨 일로 전화를 거셨나요?"

─전에 저희 직원이 가서 실수를 하였다는 말을 듣고 제가 직접 한국에 왔습니다. 시간이 되시면 좀 뵈었으면

합니다.

중국에서는 총경리가 사장이니, 부총경리면 우리나라로 치면 부사장이다.

부총경리가 직접 한국으로 왔다는 말을 들이니 상수는 이제 저들이 발등에 불이 떨어졌다는 것을 알 수가 있었다.

원래 중국의 기업가들은 지금처럼 급하게 움직이는 일이 거의 없었기 때문이다.

상수는 그런 사실을 알기 때문에 태연하게 말을 하고 있었고 말이다.

"미안하지만 저는 더 이상은 그쪽과 할 말이 없는 것 같습니다. 그러니 그만 전화를 끊겠습니다."

상수가 그렇게 말을 하자 첸리징은 급하게 말을 이었다.

—저기 정 사장님, 잠시만 기다려 주십시오. 이번 공사에 대한 이야기도 하고 앞으로의 미래를 위해 정말 드리고 싶은 말이 있어 여기로 왔습니다. 전의 무례는 정중하게 사과를 드리겠습니다.

상수는 중국의 부사장이 사과를 하자 조금은 여유를 가지고 대화를 할 수가 있겠다는 생각이 들었다.

"그렇게 사과를 하시니 다시 한 번 만나기로 하지요. 장소는 제가 정할까요?"

─아닙니다. 저희가 장소를 섭외해서 연락을 드리겠습니다. 내일 저녁 7시가 어떠십니까?

"내일은 제가 시간이 비는군요. 그러면 내일 저녁에 뵙기로 하지요."

상수는 사실 일도 없으면서 그렇게 말을 하고 있었다.

솔직히 상수의 업무 능력이 대단하기는 하지만 지금 회사에서 처리해야 하는 일들은 전부 밑에서 다 해주고 있었다.

상수가 할 일은 그냥 최종적으로 확인을 하는 것밖에는 없었다.

─알겠습니다. 그러면 장소를 마련하고 바로 연락을 드리겠습니다.

상수는 중국의 첸리징이 아주 정중하게 나오자 기분 좋은 미소를 지었다.

이제 중국과의 일만 마치면 거의 모든 일이 해결되기 때문이었다.

물론 일본이 시간을 달라고 하기는 했다.

하지만 자신이 보기에는 저들도 결국 자신이 말한 그대로 계약을 이행할 수밖에 없기 때문이다.

저녁 시간이 되자 상수는 세 남자가 있는 곳으로 가기

위해 차를 몰고 퇴근을 하고 있었다.

그때 상수가 가는 곳으로 열심히 뒤를 따르는 차량이 한 대 있었다.

상수는 원래 도시에는 많은 차가 있기 때문에 신경도 쓰지 않고 있었다.

상수가 우면산이 있는 곳으로 이동하니 주위의 차량이 점차 줄어들었다.

마침내 길이 한적해졌을 때, 뒤에 따르는 차가 갑자기 속력을 내기 시작했다.

부우웅.

차량이 속도를 내서 상수는 차가 지나쳐 가는 것으로 알았다.

그런데 그것이 아니고 상수의 차 앞을 막으면서 급정거를 하는 것이 아닌가.

끼이익!

쾅!

상수는 순식간에 차량을 박고 말았다.

급정거를 할 시간도 없이 순간적으로 일어난 일이었기 때문이었다.

상수가 차량을 박자 이내 운전석에 있는 에어백이 펼쳐졌다.

상수는 그런 것이 없어도 크게 다치지 않을 자신이 있다.

그래도 상대가 누군지는 모르지만 지금은 부상을 입은 모습으로 보이는 것이 정상이라 생각하고 차에서 천천히 내렸다.

그런 상수에게 조용히 다가오는 그림자가 있었다.

쉬이익!

그리고 상수는 순간적으로 들어오는 공격을 피하면서 상대를 확인하였다.

"누구냐?"

상수가 고함을 치면서 남자를 보니 그 인상이 한국인이 아닌 듯했다. 이어 순간적으로 놈이 일본인이라는 생각이 강하게 들었다.

"나까무라가 보낸 것이냐?"

상수는 상대를 보는 순간에 바로 나까무라를 떠올릴 수 있었다.

어쩐지 시간을 달라고 하면서도 초조한 모습을 볼 수가 없었기에 무언가 노리는 것이 있다는 생각을 하기는 했었다.

그런데 이렇게 갑작스럽게 기습을 할 줄은 정말 생각도 못한 일이었다.

상수는 이제 정신이 번쩍 들어 바로 남자의 눈을 보게 되었다.

남자는 그런 상수를 보며 이거 생각 밖으로 실력이 상당하다고 생각했다.

남자는 결국 품에서 칼을 꺼내게 되었다.

"그냥 조용히 쓰러졌으면 좋았을 것을 결국 칼을 꺼내게 하는구나."

남자의 말에 상수는 입가에 아주 차가운 미소를 머금었다.

자신에 대해 알지도 못하는 놈이 그런 말을 하니 기분이 좋지 않아서였다.

그리고 아무리 차량이 얼마 하지 않는다고 해도 자신의 차를 저렇게 박살을 내고 저런 말을 들으니 순간적으로 화도 났다.

"어째 너희 놈들은 하는 짓이 다 그러냐?"

상수는 그렇게 말을 하며 남자에게 다가갔다.

상대는 상수가 오히려 다가오자 들고 있는 칼을 더욱 강하게 쥐었다.

이제는 공격을 할 준비를 모두 마쳤다는 뜻이었다.

상수는 이미 몸에 혈기를 돌리고 있었고 이번에는 상대인 남자에게 최대한 타격을 주려고 하였다.

하지만 남자도 비록 혈기는 없지만 그 실력이 결코 만만하게 볼 상대는 아니었다.

즉 남자는 실전에 강했기 때문이었다.

상수는 그렇게 남자에게 다가가면서 오늘 자신의 삼단봉을 두고 온 것이 후회가 되었다.

오늘은 사무실을 나오면서 옷을 갈아입는다고 삼단봉을 그대로 두고 오게 되었다.

칼을 들고 있는 남자도 상수를 상대하면서 상대의 실력이 결코 자신의 아래가 아니라는 것을 알게 되자 더욱 조심을 하며 공격을 하고 있었다.

남자는 상대를 부상당하게 하려는 의도에서는 이제는 상대를 죽이려고 하는 일격필살의 공격을 사용하고 있었다.

상수도 혈기를 이용하여 칼의 공격을 차단하면서 남자를 공격하였지만 남자도 몸이 먼저 반응을 하는 정도의 실력을 가지고 있었기에 바로 승부를 보지는 못하고 있었다.

"보통 놈이 아니라는 생각은 했지만 실력도 좋구나."

남자는 상수에게 칭찬을 하고 있었다.

솔직히 그동안 남자가 원하는 상대를 죽이지 못한 적이 없었기 때문이었다.

그만큼 남자가 실력이 좋기는 했지만 상대가 그만큼 실력이 없었기 때문이기도 했다.

남자는 여태까지 이렇게 실전에 목숨을 걸고 살아왔기 때문에 지금이 오히려 더욱 긴장이 되고 가슴이 떨리고 있었다.

"그래, 칼을 들고야 겨우 평수를 유지하는 사람이 그런 소리를 하니 그리 듣기 좋지는 않네. 이제부터는 조심해야 할 거야."

상수는 그렇게 말을 하고는 최대한 혈기를 움직이기 시작했다.

상수의 움직임이 아까와는 다르게 조금씩 빨라지는 것에 남자도 절로 긴장하며 상수를 보고 있었다.

상수는 그동안 일반적인 건달들을 상대하고 있어서 자신의 몸에 있는 혈기를 최대로 움직이지 않았기에 아직 혈기의 능력이 어느 정도인지를 모르고 있었다.

하지만 최대한 혈기를 움직이기 시작하자 혈기는 그런 주인의 위험을 인지하였는지 상수의 온몸에 자신의 기운을 퍼뜨렸다.

그 뒤로 상수는 주체할 수 없을 정도로 강한 힘이 온몸을 지배하는 기분이 되었다.

상수는 혈기가 보이는 반응에 조금은 걱정이 되었지만

지금은 당장 눈앞에 있는 적을 물리쳐야 했기에 혈기가 그렇게 움직이는 것을 막지는 못했다.

상수의 움직임이 갑자기 예사롭지 않게 변하자 남자는 얼굴에 긴장감이 어리고 있었다.

쉬익!

남자는 그런 상수가 공격을 하지 못하게 하기 위하여 먼저 칼을 들고 공격을 하였다.

하지만 이제는 상수에게는 그런 동작이 통하지를 않았다.

상수는 남자의 손에 들린 칼이 움직이는 경로가 눈에 보였기에 발을 살짝 피하면서 다른 발로 점프를 하여 남자의 팔을 걷어차 버렸다.

꽈직!

챙그렁

"크윽!"

남자는 그 한 방에 팔이 부러졌고 칼을 떨어뜨리게 되었다.

하지만 쓰러지지는 않았는데 이는 아직은 정신력이 남아 있었기 때문이었다.

상수는 상대가 부상을 입은 것을 확인하고는 아주 천천히 남자에게 다가갔다.

"실력이 대단한 것은 인정하지만 오늘은 상대를 잘못 고른 것 같다."

상수는 그렇게 말을 하면서 남자에게 접근을 하여 바로 손날을 이용해 남자의 목을 가격하였다.

퍽!

쓰르륵.

털썩!

남자는 이미 팔이 부러지는 바람에 거의 전투력을 상실하였기에 상수가 쉽게 제압할 수가 있었다.

"휴, 오늘은 조금 위험했다. 확실히 내가 실전이 부족하기는 하군."

상수는 오늘 남자와 대결을 하면서 자신이 아직은 실전에 많은 부분이 부족하다는 것을 깨닫게 되었다.

그전에는 솔직히 조금 자만심에 빠져 있었던 것이 사실이었다.

삼단봉을 가지고 있으면 누구에게라도 지지 않을 것이라는 자만심을 가지고 있었는데 오늘 이 남자를 상대하면서 생각을 바꾼 것이다.

전반적인 능력은 자신이 훨씬 뛰어나다. 자신은 기를 사용하니 말이다.

하지만 실전이 부족해서 남자를 제대로 공격하지 못했

다는 것을 알게 되었다.

그리고 가장 중요한 것은 자신이 익히고 있는 무술에 무언가 빠진 것 같은 기분이 들었다는 점이다.

오늘 천룡권법을 배우게 되면 자신에게 무엇이 부족한 것인지를 알 수가 있을 것이라는 생각이 강하게 들었다.

"확실히 내가 익히고 있는 것은 전통의 무술은 아닌 것 같다. 전에 영택이 사용하는 무술을 보니 동작도 자연스럽게 이어지고 있었는데 나는 그렇지가 않으니 말이야."

상수는 그런 세부적인 부분에 대해서는 신경을 쓰지 않았는데 이제는 다르게 보였기 때문에 생각을 하게 되었다.

상수는 남자를 데리고 자신의 차량이 있는 곳으로 갔다.

그런데 자신의 차량을 보니 과연 움직일 수나 있을지가 걱정이 되었다.

"이거 가다가 서면 곤란한데 말이야."

상수는 그렇게 생각하며 남자를 뒤에 싣고는 바로 시동을 걸어보았는데 다행히도 시동이 걸렸다.

부르릉.

상수는 천천히 차를 후진하여 빼고는 다시 목적지로 가
게 되었다.

지금 자신이 있는 자리에는 카메라들이 없었기 때문에
그냥 조용히 사라지면 누구도 알지 못하기 때문이었다.

제14장 일본 너희들도 엿 좀 먹어봐라

상수는 남자를 데리고 우면동에 있는 집에 도착을 했다.

"아니, 사장님 차가 왜 그렇습니까?"

"영택이는 운전을 할지 아나?"

상수가 묻자 영택은 바로 대답을 하였다.

"예, 할 수 있습니다."

"그러면 내가 알려준 장소로 가서 사고가 난 차량을 좀 가지고 와라."

　거리가 조금 있기는 했지만 영택이라면 어렵지 않게 차

를 끌고 올 수가 있을 것이라는 생각에 하는 소리였다.

"알겠습니다. 오시다가 사고가 난 것입니까?"

"그래, 사고가 난 것은 사실이니 말이야."

상수는 그러면서 우선 어디에 차량이 있는지를 먼저 이야기를 해주었다.

그리고 자신의 차에 있는 남자의 품을 뒤져도 열쇠가 나오지 않아 아마도 상대도 자신과 같이 차에 키를 그대로 두었다는 생각이 들었다.

상수는 그렇게 말을 해주었고 영택은 상수의 지시대로 차량을 가지러 가게 되었다.

상수는 우선 남자를 집으로 데리고 들어가서 묶어 두었다.

도망을 가지 못하게 하기 위해서였다.

그리고 그 배후에 있는 놈들이 누구인지를 확실하게 알고 싶어서였다.

이런 실력자를 보낼 정도면 절대 일반인은 아니라는 생각이 들어서였다.

"나까무라가 나를 해치기 위해 암살자를 보낸 것은 조금 지나친 생각인 것 같은데 말이야?"

상수는 오면서 나까무라는 자신을 죽일 정도는 아니라는 생각이 들어서 하는 생각이었다.

자신과 계약을 해야 하는데 그런 자신을 죽일 생각을 하고 있다면 무언가 이상한 상황이 맞지 않다는 생각이 들어서였다.

"하기는 놈이 정신을 차리면 알 수 있는 것을 고민하지 말자."

상수는 그렇게 생각을 하고는 다시 편안한 얼굴로 돌아왔다.

상수에게는 누구도 모르는 고문 방법이 있었기 때문에 암살자가 알고 있는 내용을 듣는 것은 문제가 없었기 때문이다.

상수는 그렇게 생각을 하고는 조용히 밖으로 나오게 되었는데 안쪽에서 들리는 소리를 듣고는 그쪽으로 가게 되었다.

영택이 차를 가지고 갔지만 남아 있는 둘은 지금도 수련을 하고 있었다.

상수는 그런 두 명이 하는 권법을 보면서 저들이 익히고 있는 동작을 볼 수가 있었다.

상수가 자신들을 보고 있다는 사실을 모르는 둘은 최대한 동작을 천천히 하면서 수련을 하고 있었기에 상수는 이들이 하고 있는 동작을 모두 볼 수가 있었다.

"음, 천룡권법이라는 무술이 생각보다는 위력이 강한

것 같은데 말이야. 저 무술은 실전에 어울리는 그런 무술 같아 보이네. 그리고 살상을 전문으로 하는 그런 동작이고 말이야."

상수는 둘이 움직이는 것을 보면서 이들이 익히고 있는 것이 얼마나 위험한 것인지를 알 수가 있었다.

현대인은 내기가 없기 때문에 그렇지 만약에 내기를 사용하는 이가 천룡권법을 사용하게 되면 지금의 동작과는 확연하게 달라지게 될 것으로 보였다.

그리고 상수는 지금 보법을 모르고 있었는데 이들은 그런 보법도 배웠는지 그 움직임에 일정한 간격이 이어 보였다.

"천룡권법이 그대로 이어져 있는 것이라면 고대의 무술은 말대로 살상을 높이기 위해 만들어진 것이라고 해야겠다."

상수는 이들이 익힌 천룡권법이라는 것도 그런 목적으로 만들어진 것이라는 생각이 강하게 들었다.

상수는 이들이 익히고 있는 동작들을 보고는 바로 기억을 하게 되었다.

그리고 지금 자신의 머릿속으로는 자신이 익힌 것과 접목을 하고 있는 중이었다.

자신이 무술을 배웠지만 이렇게 스승이 알려 주지 않은

것들이기 때문에 조금은 어설픈 동작들이 많았는데 천룡권법과 접목을 하고 나니 이거는 완전히 달라지고 있다는 것을 스스로 느낄 정도였다.

지금 상수가 머릿속으로 익히고 있는 동작들은 천룡권법도 아니고 그렇다고 상수가 지금까지 익히고 있는 그런 무술도 아닌 전혀 새로운 것들이 되어 가고 있는 중이었다.

한참으로 그렇게 정리를 하던 상수가 천천히 눈을 뜨고 있었다.

그런데 그런 상수의 눈에서는 붉은 혈기가 감돌고 있었고 그런 상수의 모습은 신비롭게 느껴지고 있었다.

"나도 정리를 했으니 몸에 숙달을 시켜야겠다."

상수는 그렇게 생각을 하자 바로 몸을 움직이기 시작했다.

머릿속으로만 정리를 한 새로운 무술을 상수가 익히기 시작했다.

휙휙!

자신도 모르게 동작에 혈기가 움직였고 상수의 움직임은 엄청난 파공성을 내기 시작했다.

몸에 스스로 반응을 하고 있었기 때문이다.

상수는 그런 사실을 모르는지 몸을 움직이는 것에 온

정신을 빼앗겨 있었다.

팡팡팡!

상수의 주변에 있던 둘은 갑자기 들리는 소리에 수련을 멈추고는 그쪽으로 고개를 돌렸다.

그들은 그곳에서 상수가 수련하는 모습을 보게 되었다.

그런데 그 동작들이 아주 현묘하게 느껴지는 것이 자신들이 익히고 있는 천룡권법도 그 안에 포함이 되어 있는 것 같은 기분이 들었다.

"사장님이 익히고 계시는 것은 무엇일까? 우리가 익히고 있는 천룡권법도 저 안에 있는 것 같은 기분이 드는데 말이야?"

"너도 그랬냐? 나도 그런 기분이 들었다. 그런데 사장님이 익히고 있는 무술이 우리가 익히고 있는 것보다는 더 강해 보이지 않냐?"

"나도 그렇게 보이네."

이들은 지금 상수가 처음으로 몸에 익숙하게 하기 위해 움직이고 있다는 사실을 모르고 있었다.

만약에 그런 사실을 알았다면 둘은 정말 마음의 상처를 입었을지도 모르는 일이지만 말이다.

상수는 그렇게 한 시간 정도를 움직였고 상수가 몸을

멈추니 그에 옆에 다가오는 발걸음이 있었는데 바로 영택
이었다.

"여기 수건이 있습니다. 그리고 차량은 입구에 두었습
니다."

영택은 수건을 주면서 이야기를 해주었다.

"그래, 수고했다. 너희들은 수련을 하지 않니?"

"하하하, 사장님의 수련을 보고 있으니 할 수가 없었습
니다. 얼마나 시끄러운지 저희들이 수련에 집중을 할 수
가 없었습니다. 그런데 정말 어떻게 해야 그렇게 강한 소
리를 낼 수가 있는 겁니까?"

영택은 상수가 움직일 때 그 모습을 아주 세밀하게 지
켜보았지만 도통 방법을 알 수가 없었다.

상수는 영택이 궁금해 하는 것을 알고 있지만 그렇다고
말을 해줄 수 있는 것이 아니었다.

"지금까지 배운 무술을 한번 펼쳐보아라. 나도 너희가
익히고 있는 것을 보아야 대답을 해줄 수가 있으니 말이
다."

상수는 자신이 몰래 배웠다는 이야기는 하지 않았다.

솔직히 그렇게 말을 하면 쪽팔렸기 때문이었다.

영택은 상수가 자신들이 익힌 무술을 봐주겠다고 하자
기쁜 얼굴을 하고는 바로 하기 시작했다.

영택이 펼치는 천룡권법이 확실히 다른 두 사람이 하는 것과는 조금 달라 보였다.

그만큼 영택은 수련을 하면서도 많은 생각을 하고 움직임을 보이고 있는 것 같아 보였다.

물론 그렇게 아주 작은 부분에서 조금 달라지기 때문에 이들의 실력이 차이를 보이는 것이겠지만 말이다.

상수는 그런 영택을 보며 정말 타고난 무술가라는 생각이 들었다.

'이놈은 무술을 배우기 위해 타고난 놈 같은 생각이 드네. 확실히 무술은 몸에 따라 달라질 수가 있는 거네.'

상수는 영택을 보면서 그런 생각을 확실하게 하게 되었다.

영택은 그런 사실도 모르고 상수가 하라는 대로 천룡권법을 최대한 신경을 써서 움직이고 있었다.

지금 영택은 자신이 배운 대로 몸을 움직이려고 최대한 신경을 써서 하고 있는 중이었다.

영택의 동작이 마치자 상수는 그런 영택을 보며 입을 열었다.

"스승님에게 배운 것을 얼마나 익혔나?"

"저도 제대로 시작한 지는 이제 삼 년 정도 되었습니다. 물론 어린 시절에 몸에 익었기 때문에 쉽게 배울 수가 있기는 했습니다."

형을 매우기는 했지만 이제 조금 그 틀을 알게 되어 하
는 말이었다.

상수는 영택이 하는 말을 들으면서 지금의 상황을 어느
정도는 이해를 할 수가 있었다.

"우선 배우고 있는 형에 대해 아직도 이해를 못하고 있
는 부분이 있는 것 같은데 아니냐?"

"맞습니다. 저도 움직임을 하면서 이해가 가지 않는 부
분이 있었습니다. 무언가 자꾸 어색한 생각이 들고 몸도
그렇게 느껴지고 있었습니다."

영택은 상수가 해주는 지적을 들이니 자신도 느끼고 있
는 부분들이었기에 놀라고 있었다.

"내가 개인적으로 볼 때 그 무술을 익힌 사람은 아마도
치격이 조금 컸을 것 같다. 그러니 동작이 큰 사람의 몸에
맞추어서 나온 것이기 때문에 너는 그렇게 하면 동작이
이상하고 어설프게 보이게 된다는 거다. 과거의 인물이
무술을 처음 만들기는 했지만 이는 자신의 몸에 맞게 무
술을 만든 것이기 때문에 다른 이가 배울 때는 조금 다르
게 해야 한다는 단점이 있다. 무슨 소리인지 이해가 가
나?"

상수의 말을 들으니 영택은 지금까지 자신이 무엇 때문

에 그런 동작을 하고 있었는지를 금방 이해하게 되었다.

"예, 이제는 조금 알 것 같습니다. 감사합니다. 사장님."

영택은 상수가 지적을 해주는 이야기를 듣고는 금방 자신의 무엇을 잘못하고 있는지를 깨달았다.

오랜 시간을 몸에 익힌 무술이었기에 항상 배운 동작만이 정식이라는 생각을 가지고 있었기에 지금까지 발전이 없었다는 것을 알게 되자 영택은 바로 수련을 다시 시작하게 되었다.

상수는 그런 영택을 보며 속으로 감탄하고 있었다.

'확실히 이놈은 타고난 놈이 확실하네. 한 번만 지적을 해주어도 바로 자신의 잘못을 고쳐 나가고 있으니 말이야.'

상수는 영택이 지금 배우고 있는 것 말고도 다른 것도 알고 있을 것 같은 생각이 강하게 들었다.

이들이 배우고 있는 무술은 대대로 전해지는 무술이었기에 과거 기를 사용하는 이들이 사용하였던 무술들도 있지 않을까라는 기대가 되어서였다.

지금 자신이 이들이 익힌 것들을 자신만의 무술로 발전을 시키기는 했지만 그래도 무언가 부족한 기분이 들어서였다.

"그만하고 오늘은 이야기나 좀 하자. 다들 모이라고 해라."

상수의 지시에 영택은 무언가 아쉽다는 표정을 지었지만 이내 대답을 하였다.

"알겠습니다. 사장님."

영택이 가서 나머지 두 명을 데리고 오자 상수는 그냥 편히 앉게 하고는 입을 열었다.

"너희들이 익히고 있는 천룡권법이라는 무술은 내가 보기에 과거 전장에서 사용하던 무술이라는 생각이 든다. 그만큼 위력이 있기도 하지만 가장 중요한 것은 살상을 목적으로 익힌다는 것이다. 그래서 내가 개인적으로 생각하는 것이기는 하지만 너희가 배우는 것을 다른 이들에게는 알리지 않았으면 한다."

"사장님 저희가 익히고 있는 무술이 살상을 목적으로 하는 무술이라고요? 그런데 저희는 왜 그렇게 되지 않는 겁니까?"

"우선은 수련의 차이라고 볼 수 있을 것 같다. 깊이가 없는 무술은 아무리 노력을 해도 절대 경지에 오를 수가 없다는 이야기를 들은 적이 있을 거다. 지금 너희가 익히고 있는 무술은 실전이 가장 중요한 무술인데 너희는 그동안 실전이 없었기 때문에 아직도 실력이 늘지 않는 것이다. 즉 이 무술은 실전을 하면서 점차적으로 실력이 늘어가는 그런 무술이라는 말이다."

상수의 세부적인 설명을 듣게 되자 이들은 그동안 자신들이 왜 실력이 늘지 않았는지를 알 수가 있게 되었다.

그리고 지금 자신들에게 무엇이 부족한지도 알게 되었고 말이다.

사실 세 명이 서로 대련을 하기는 했지만 그것은 어느정도 상대를 생각하고 하는 대련이었기에 크게 도움이 되지 않았기 때문이다.

실전이라는 것은 정말로 목숨을 걸고 대련을 하는 그런 것이었고 이들에게는 그런 절실한 것이 없었기에 실력이 늘지를 않았던 것이다.

"그러면 저희는 그동안 수련을 잘못한 것이군요?"

"잘못이라고 할 수는 없지 우선 현대에서는 실전을 목적으로 그런 수련을 할 수가 없으니 말이다. 스승님에게 이 무술 말고 다른 것을 배운 것은 없냐?"

상수는 무언가 기대를 가지고 하는 질문이었다.

"예, 필살기라고 하는 것을 배웠습니다. 그런데 필살기는 말로만 필살기이지 실지로는 지금 하고 있는 무술보다도 못해서 지금은 거의 익히지 않고 있습니다."

상수는 필살기라는 말을 듣자 이내 기대를 하는 눈빛을 하며 영택을 보았다.

"내가 볼 수 있게 아주 천천히 한번 펼쳐 보아라."

영택은 필살기라는 말을 하였지만 솔직히 기대에 차지 않아서 그냥 포기를 하고 있었던 것이라 별로 그리 내키지가 않았지만 그래도 상수가 보고 싶다고 하니 천천히 필살기를 보여주기 시작했다.

상수는 영택이 하는 동작을 보면서 머릿속으로 저장을 하고 있었다.

지금 영택이 하고 있는 동작은 마치 무용을 하는 것처럼 부드러우면서 강하게 상대에게 타격을 주는 동작들이었다.

하지만 기를 사용하지 않으면 크게 도움이 되지 않은 동작이기도 했다.

상수는 영택이 하는 동작들을 보며 이들이 익히고 있는 무술은 정말 원형 그대로 전수가 되고 있다는 사실을 알 수가 있었다.

약간의 시간이 지나자 영택은 모든 필살기를 펼치게 되었다.

"사장님, 솔직히 필살기라고 하기는 하지만 이거는 무슨 무용을 하는 것 같은 기분이 들어 저희도 익히지 않고 있는 겁니다."

하기는 그 가치를 모르는 사람에게는 아무리 좋은 것을 주어도 평범한 물건으로 밖에는 보이지 않을 것이기 때문에 상수도 영택이 하는 말을 충분히 이해는 갔다.

"됐다. 나도 필살기라고 해서 궁금해서 보자고 한 것이니 그만 말하자."

상수는 자신이 기를 사용한다는 말은 절대 하지 않았다.

아직 이들에게 그런 말을 해주고 싶지는 않아서였다.

제15장 일본에의 분노

상수는 그렇게 즐거운 시간을 보내고는 영택들을 안으로 들여보냈다.

그들을 보낸 뒤 상수는 천천히 우면산으로 올랐다.

산책로가 있는 길이었기 때문에 야간에도 산을 가기에는 불편하지 않았다.

어느 정도 산으로 들어간 상수는 바로 필살기를 자신이 펼치기 시작하였다.

그런데 필살기를 펼치려고 하니 몸에 있는 혈기들이 엄청난 속도로 빠르게 움직이는 것이 아닌가 말이다.

"응? 이게 왜 이러는 거지?"

상수는 필사기를 사용하려고 하니 몸에 이상이 오는 것 같아 멈추려고 하였지만 혈기들은 그런 상수를 그대로 두지를 않고 계속해서 움직이기 시작했다.

상수는 결국 멈추지 못하고 필살기를 모두 펼칠 수밖에 없었다.

그런데 필살기를 펼치면서 상수는 필살기가 왜 필살기인지를 알 수가 있게 되었다.

바로 필살기는 상대의 몸을 공격하는 것이기도 하지만 내부를 기를 사용하여 공격하는 것이기 때문에 상대가 공격에 당하게 되면 내부적으로 엄청난 고통을 느끼게 하는 것이었기 때문이다.

무협지에서나 나오는 침투경과 같은 그런 무술이라는 이야기였다.

"허어, 이런 대단한 무술을 무용이라고 생각하고 있었네?"

상수는 자신의 무지를 깨달으면서 눈으로 보는 것이 전부가 아니라는 것을 새삼 느끼게 되었다.

상수는 그날 아주 새로운 무술을 배웠고 스스로 만들기도 했고 고대의 침투경을 직접 펼치기도 하였기에 아주 만족하게 생각하게 되었다.

상수가 집에 도착하자 영택이 급하게 말을 하였다.

"사장님, 묶여 있는 남자가 정신을 차린 것 같습니다."

"그래? 다행이도 늦지는 않았네."

상수는 남자가 아직도 정신을 차리지 않았으면 강제라도 깨울 생각을 하고 있었다.

그 자에게 들을 말이 많았기 때문이었다.

상수는 영택과 친구들에게 다른 말은 하지 않고 방에는 들어오지 말라고 하고는 자신만 안으로 들어갔다.

그 안에는 남자가 묶여 이제 정신을 차렸는지 눈을 뜨고 있었다.

"이제 정신을 차렸으니 이야기를 해볼까?"

"내가 비록 실력이 부족하여 잡히기는 했지만 그렇다고 나에게 무언가를 알아낼 생각이라면 포기하라고 해주고 싶군."

"호, 그래? 나는 그렇게 말을 해주는 사람이 과연 얼마나 버틸 수 있는지가 항상 궁금했다. 부디 나를 실망시키지 않았으면 좋겠다."

상수는 이미 상대가 그렇게 나올 것을 예상하고 있었기에 암살에게 고문을 하려고 마음을 먹고 들어왔다.

상수는 바로 혈기를 이용하여 남자의 몸을 침으로 찔

렸다.

상수는 항상 침을 휴대하고 다녔는데 이런 일이 생길 수도 있다는 생각에 항상 몸에 휴대를 하고 다녔다.

나중에 암기라도 필요한 상황이 올지도 모른다는 생각에서 말이다.

상수는 침을 찌르고 바로 혈기를 이용하여 남자의 몸속으로 침입을 하라는 지시를 내렸다.

혈기들은 상수의 지시대로 남자의 몸속으로 들어가 내부를 휘젓고 다니게 되었다.

"으윽! 나에게 무슨 짓을 한 것이냐?"

남자는 갑자기 고통이 생기자 침에 무언가 약물을 이용하여 자신을 고통스럽게 하고 있다는 생각이 들어 하는 말이었다.

"내가 무슨 짓을 하던지 너는 알고 있는 이야기만 하면 되는 거다. 얼마나 버틸지는 모르지만 부디 오래 참아주었으면 한다."

상수는 차가운 얼굴을 하면서 남자에게 그렇게 말을 하면서 다시 침으로 남자의 몸을 찔렀다.

이미 상대는 자신을 죽이려고 하였던 인물이었기에 설사 고문을 하다가 죽는다고 해도 상수는 걱정을 하지 않았다.

자신이 죽을 수도 있었기 때문이었다.

남자는 상수의 고문을 당하면서 세상에 태어나 처음으로 이런 고통이 있다는 사실을 느끼게 되었는데 이거는 상수가 어떻게 했는지 모르지만 고통에 비명도 지르지 못하고 있었다.

상수는 상대가 말을 하지 못하게 하였다.

이게 처음에는 그리 효과가 없었다.

하지만 시간이 지나면서는 익숙해져서 그런지 이제는 아주 잘되고 있었다.

남자는 비 오듯이 땀을 쏟으면서 고통과 싸우고 있었다.

그러나 인간이 견딜 수 있는 고통에는 한계라는 것이 있었다.

남자는 마침내 고개를 사정없이 흔들려고 하였고 그 눈에는 제발 말을 할 수 있게 해달라는 뜻이 간절하게 담겨 있었다.

불과 10분만에 남자는 달라졌다.

그 고통이 얼마나 되는지는 상수도 알지 못하고 있었기 때문이었다.

"이제 말할 생각이 들었나 보네?"

상수가 그렇게 말을 하자 남자는 고개를 끄덕였다.

상수는 그런 남자를 보며 속으로 혈기들에게 지시를 내렸다.

'돌아와라.'

상수의 지시에 혈기들은 상수의 몸으로 돌아왔는데 확실히 상대의 기운을 갈취하고 온 것이라는 생각이 들었다.

전보다는 더욱 강한 기운을 느낄 수가 있었기 때문이었다.

상수는 남자의 몸을 건드리자 남자는 바로 말을 할 수가 있게 되었다.

"크윽! 어떻게 그렇게 할 수가 있는 거지?"

"남의 영업 비밀을 알려고 하지 말고 너에게 그런 지시를 한 놈이 누구인지만 말해라."

상수의 말에 남자는 자신이 알고 있는 것들을 모두 말해 주었다.

하지만 남자가 알고 있는 것은 그리 많지가 않았다.

나까무라의 위에 인물이 이번에 지시를 내린 사람이었고 누구인지는 모르지만 한국인이 그렇게 부탁을 하여 이런 지시를 하게 되었다는 말이었다.

그리고 죽이지는 말고 자신을 병신을 만들어 달라는 청부였다는 말을 할 때는 상수가 기분이 상해서 남자를 패버리고 싶은 기분이 들었다.

"결국 그 사람이 누구인지는 하나도 모른다는 말이
네?"

"일본에서 나에게 청부를 한 인물은 나도 알고 있다."

남자는 그러면서 자신에게 청부를 한 인물에 대한 지세
한 이야기를 해주었다.

상수는 가만히 하는 이야기를 듣기만 하였다.

남자의 이야기를 들으니 상수도 점차 상황을 알게 되었
다.

누군지는 모르지만 한국에서 일본에 그런 청부를 하였
고 그자는 청부를 받아 다시 이자에게 청부를 한 상황이라
는 것을 말이다.

그리고 그 일본인은 일본의 우익에 간부로 있는 자라는
사실도 알게 되었다.

"감히 일본의 쪽바리 새끼가 나를 건드렸다는 말이
지?"

상수는 남자의 이야기를 듣고는 분노를 느끼지 않을 수
없었다.

자신은 절대 타인에게 먼저 해를 끼치지는 않았는데 가
만히 있는 자신을 먼저 건드렸으니 그에 대한 벌을 받아야
한다고 생각이 들어서였다.

과연 상수의 분노를 어찌 감당을 할 것인지는 누구도 모르는 일이었다.

상수는 지금 움직이는 핵폭탄과 같은 존재였는데 그런 존재를 건드렸으니 일본의 우익들이 과연 잘 견딜 수가 있을지는 미지수였다.

가득이나 일본에는 감정이 좋지 않은 상수였는데 말이다.

『덤비지마!』 8권에 계속…

**수십 년 전, 용병왕의 등장으로 생겨난
왕국과 용병의 세계.
평소엔 한없이 가볍지만 화나면 누구보다 무서운,
놀고먹고 싶은 그가 돌아왔다!**

하지만 바람과는 달리 과거 그의 앙숙과 대륙의 판도는
도저히 그를 놓아주질 않는데……

"용병은 그냥, 돈 받고 칼을 빌려주는 놈들이니까."

그의 용병 철학은 단순했다.

"물론, 누구에게 빌려주느냐가 문제겠지?"

Ahopiz Publishing CHUNGEORAM

유행이 아닌 자유추구 -
WWW.chungeoram.com

도시의 주인

말리브 장편 소설
FUSION FANTASTIC STORY

말리브 작가의 신작 현대 판타지!

죽기 위해 오른 히말라야.
그러나, 죽음의 끝에 기연을 만나다!

『도시의 주인』

다시 한 번 주어진 운명.
이제까지의 과거는 없다!

소중한 이를 위해! 정의를 외친다!